刘子鹤 著

人间行客

山东文艺出版社

图书在版编目（CIP）数据

人间行客／刘子鹤著. —济南：山东文艺出版社，2024.2
 ISBN 978-7-5329-7074-2

Ⅰ.①人… Ⅱ.①刘… Ⅲ.①散文集—中国—当代 Ⅳ.①I267

中国国家版本馆CIP数据核字(2024)第011293号

人间行客
RENJIAN XINGKE
刘子鹤　著

主管单位	山东出版传媒股份有限公司
出版发行	山东文艺出版社
社　　址	山东省济南市英雄山路189号
邮　　编	250002
网　　址	www.sdwypress.com

读者服务	0531-82098776(总编室)
	0531-82098775(市场营销部)
电子邮箱	sdwy@sdpress.com.cn

印　　刷	山东华立印务有限公司
开　　本	890毫米×1240毫米　1/32
印　　张	10
字　　数	185千
版　　次	2024年2月第1版
印　　次	2024年2月第1次印刷
书　　号	ISBN 978-7-5329-7074-2
定　　价	38.00元

版权专有，侵权必究。如有图书质量问题，请与出版社联系调换。

美好可期,未来可期

2016年刚见刘子鹤的时候,她还是一名小学生。其父母计划在淄博张店开办以"让孩子爱上阅读"为理念的约读书房,恰逢我到滨州做讲座,便约滨州一见。当时,我与他们一家三口在餐桌相谈甚欢。我给他们分享我从事的教育工作,刘子鹤父母则从子鹤及他们身边孩子成长的角度,谈及阅读对孩子成长的巨大影响。彼时,他们正为缺少专门引领孩子阅读的系统方法而苦恼。听完我的介绍和约读书房的理念,他们深以为然,我们一拍即合,接下来的合作也就顺理成章。身为小学生的刘子鹤,竟也侃侃而谈,提及爱读书的父亲,更是一脸自豪。

此刻,刚刚获知刘子鹤收到香港理工大学的录取通知书。蓦然回首,已然七年,不能不令人感慨时光之匆匆。七年来,有人惶恐无获,而刘子鹤读万卷书,行万里路,还把自己的出行记录结集成眼前的这部书稿,着实让人欣慰。

我自己有个小理念,把一个人的自我成长总结成四句话:读万卷书,行万里路,名师点悟,自我顿悟。

读万卷书指大量从外界获取信息,一个人的经历终归有限,书籍世界却丰富许多,包罗万象,可以让生命变得无限广阔与深远。拓展生命的深度与广度,唯读书最为便捷。作家阿来的一句话让我印象深刻,他说:"我从一个很边远的小地方走出来,没有很高的学历,但是我读了很多书。我觉得读一本优秀的书,相当于自己多活了一辈子。"这句话也是阿来的真实写照,正是阅读让他写出了《尘埃落定》这样优秀的文学作品,这本书获得了茅盾文学奖。于地球、宇宙来说,哪个人不是来自一个"小地方"?哪个人又不是只能活一辈子呢?但通过阅读,通过一本本好书,我们可以从小地方进入广阔的世界,跳出一辈子的有限,每一个热爱阅读的人都能体会到无数种人生。

行万里路是说要真正投入生活与社会的实践,只阅读容易让人陷入精神的无限扩张,最后落入"纸上谈兵"的书呆子困局。一个人只有与社会融合,才能获取真正的力量。在行万里路时,不仅开阔了视野,同时把从有字之书的所知与"无字之书"的所见一一对照,让人的成长更真实,这对于需要"营养均衡"的青少年来说尤为重要。刘子鹤以青少年独特的视角,将自己的游历和思考逐一记录,文采斐然,自然可以引起同龄人的共鸣,而对于心灵日渐麻木的成年人,读后亦会感慨:自己年少之时,为何少有这细致入微的观察,鲜有这行云流水的表达。由此可见,读书和行路相结合,实不可偏废。

名师点悟是说每个人都需要他者的提示，如果这个人是名师自然更好，可以一语中的，直击关键。每个认真阅读和实践的人难免有自己的困惑和"卡点"，在自我纠结或彷徨时，名师的一句话，一堂课，或者一本书，皆可带来启发，让人备受鼓舞，欢欣雀跃。对于儿童来说，生活蓬勃而不定，若有好老师引导，好书激发，使知识、情绪和思维不断正向发展，这无疑是最理想的成长路径。当然，这种机缘可遇而不可求，这也是我这么多年大力推广阅读的初心，我希望被更多的人看见，看见更多的人，特别是青少年。

自我顿悟是说外界纵有千般好，终需自己永葆一颗上进之心，不断驱动自我，不断成长。今天的教育条件已大为改观，各种名校资源飞入寻常百姓家，望子成龙的家长都倾尽所能地给孩子提供更好的受教育机会，可现实却是残酷的，环顾四周，也只有少数人能一飞冲天，大多数人仍原地不动。如果要总结，奥秘或许是，成长的第一要素还在于个体内在的求上之心，有追求的人在读万卷书、行万里路、名师点悟的加持下，把所学所见所感所知内化，成长随之自然而然地发生。

本书作者刘子鹤虽然刚成年，但多读书、广游历、勤思考、爱写作的结合已然发生了连锁反应，本书的结集出版，去香港理工大学读书，既是其少年学习生活的总结，又是其青春扬帆的号角。只要不松懈，她定能带给我们更多惊喜。

每一个成龙成凤的孩子背后都离不开父母的支持，这些支持中，物质和经济是基础，精神引领和心灵陪伴才是聪明的家长应该注重的。我想，在刘子鹤的成长历程中，她的父母用爱和智慧构筑起的宏大基座对她的托举，至关重要。

本书是一本游历的记录，是一种成长方式的记录，也是阅读、生活、思考的记录，希望这样的美好记录一直延续。

凡认真阅读、实践、写作、思考的人，美好可期，未来可期！

李宗磊

目 录

	引　子	001
1	西北之约	003
2	停滞的时间	031
3	风起风动	055
4	到雨林里去	079
5	成都，成都	111
6	山城的夏天	135
7	冬日海滨	159
8	探秘湘西	185
9	最后一次"越狱"	207
10	友谊万岁	217
11	纪念	247
12	漫长的告别	275
	附录	303

引 子

  人生十八载,所历之事浩瀚如沙海,所珍视之事难觅如沙下之金,所思所感万变如蝴蝶振翅。

  生于城市,长于城市,可当我立于群山间,静坐江河边,我才觉得自己真正活着。我珍视每次远行,狂热地记下瞬息一念,不求被奉为圭臬,只望以脚步为尺,丈量神州大地,以笔做拂尘,扫去埃土,使记忆之珠光华浮现。

  愿我稚嫩笔触如微火,点燃你心中那个渴望远方的梦!

1

西北之约

这份约定也像一道分界线,
如地球上不停变幻的晨昏圈一般,
隔开了十一岁和十二岁的我。

2017.7.10

一

得知即将启程前往西北时,我激动的心情难以言喻。出行前几天,我们先去了山东理工大学,过程中我们以小组为单位,一起吃饭,一起活动。这是我第一次踏进大学的校园,我左顾右盼,觉得一切都很新鲜。我们来到一个阶梯教室,里面坐满了人,十二三岁年纪的同龄人,嘴巴一刻也不停,一进门,叽叽喳喳的声音就扑面而来,洋溢着少年的朝气。老师选了几个年纪较大的孩子当组长,我和刘博紧紧牵着手,那架势看上去谁也别想把我们分开。于是我俩一起上台,分到了一个小组。

每个人都领了个日记本,在首页签上自己的名字。组长、组员的联系方式密密麻麻地排下去,占满了我日记本的第一页。我们建了个群,出行前这段时间里,七八个人天天抱着手机聊天,群里的消息每天都是99+。

出发当晚,我兴奋得睡不着,直到妈妈逼我早点去休息,我才不情愿地合上我塞得满满的行李箱。凌晨两点半,闹钟响了,没等妈妈掀开我的被子,我便一下蹦起来,以最快的速度洗漱完毕,急不可耐地催促妈妈赶紧去集合地点。

夜晚的相遇和出发让人感到兴奋，路灯下是重叠交错的人影，抬上抬下行李的轮廓，还有止不住的叮嘱声。 上车前，我紧紧地抱了妈妈一下，笑着朝她摆摆手，登上了停在路对面的大巴。 这之后的每次旅行，都定格下这样一个画面：妈妈站在大巴下，我站在大巴上，妈妈双眸注视着我，我双眸注视着即将驶向的远方。 我不知道每次车开走后妈妈会驻足多久，目送车走多远，只知道，每次旅行结束时，我在车上远远地看到，妈妈一如出发当天那样，以不变的双眸，望向车驶来的方向。 那一刻，我觉得已经到家了。

两个小时后，我们到达了机场。 拿到登机牌的那一刻，盯着远在千里的陌生地名，一瞬间，我好像握着一纸神圣的约定，一份只属于我和西北的约定：我知道我要去，它知道我要来。 这份约定也像一道分界线，如地球上不停变换的晨昏圈一般，隔开了十一岁和十二岁的我。

当我拉着行李箱过机场闸口时，心脏好像变成了一只在胸腔里横冲直撞的小鸟，巨大的心跳声直达耳膜，大脑彻底兴奋起来，兴奋之余，还夹杂着一丝紧张：这是我第一次坐飞机。 握着登机牌不安地走向登机口，生怕别人会嘲笑我连座位都找不到。 上了飞机后才发现，根本没人注意我的窘迫和不安。 有些时候根本不用那么在意，人的精力有限，大家都习惯把自己当作人生的主角，别人的成就与辉煌，窘态与笑料，不过过眼云烟。

气喘吁吁地进入机舱，仔细地寻找座位，在窗边落座，机翼处风景最佳，第一次我就如此幸运。

当我扣好安全带后，飞机轰鸣，缓缓上升，巨大的压力弄得我耳膜生疼，但并不妨碍我欣赏窗外美丽的景色。这次的飞行时间很长，能完整地看到日出的全过程，幸好在大巴上眯了一会儿，此刻我活力满满，额头贴在舷窗上一个劲儿地向外瞧。

红色的太阳慢慢爬上云层，边爬边变幻着颜色，由深到浅，直到变成明晃晃的金色，好像爬山的人，越走越累，总是忍不住脱下厚外套。夏天的云是有厚度的，在高空看到的，和在地面看到的很不一样，我更喜欢前者，在天幕的映衬下更显洁白。在地上看云总觉得拘束，后来才发现，是地平线上的树木建筑，给它围上了铁栏杆，就像生性自由的动物被禁锢在动物园中。

下飞机后，干燥的热风刮得我脸颊生疼，甘肃给我的第一份见面礼就是鼻血。拉着行李箱正往大巴走，忽然鼻腔一热，低头就见鼻血在鞋面上开了花。我一愣，急忙掏出纸清理，然后卷成一团塞在鼻孔里。但是鞋面处理不及时，红红的血迹变成了棕色的污垢，一直留在上面。之后每次再穿那双运动鞋，我总能联想到干旱的西北，联想到西北之行的美好。如果说登机牌是我与西北的合约，那么这块适时的血渍大概就是西北怕我毁约执意留下的印章。

我们直奔拉面馆，只为品尝最正宗的兰州牛肉拉面。兰州牛肉拉面讲究一清二白三红四绿：一是汤清，二是萝卜白，三是辣椒红，四是香菜绿。薄片牛肉趴在面条上，葱花和香菜点缀于清澈的肉汤中，让人垂涎欲滴。我迫不及待地撕开筷子的包装纸，夹起几根面条，送入嘴中，筋道的面夹杂着香菜香葱，伴着牛肉淡淡的膻味，在口腔里忽地绽放开，抚慰着被飞机餐搪塞的胃。我风卷残云般把满满一碗拉面尽数消灭，擦擦嘴，口中牛肉拉面的香味却萦绕其间，久久不散，回味无穷。

二

塔尔寺藏族文化实在太浓烈，行走其中，敬意便油然而生，好像我并非游客，而是信徒，是一个朝圣者。

骄阳洒下如金光芒，将五彩的琉璃瓦照得透亮。象牙佛塔耸立于座座院落间。寺院大门敞开，和我小腿一样高的门槛，被游客的衣服磨得油光锃亮。正殿门前有一排闪着金光的转经筒，几个僧人手持念珠，转着经筒，经幡飘动，橘黄色的衣角随着经幡的飘动隐约闪现。

走进寺院，时时被他们虔诚的模样所感染，他们低声诵经，轻转念珠。我们不发一言，放轻脚步，生怕惊扰到他们。院内还有礼拜的信徒，在转经筒旁打地铺，身穿几乎磨破的衣服，戴着厚厚的手套，不厌其烦地一遍又一遍地做着礼拜，虔诚安详的表情和寺内的僧人如出一辙。

让我记忆最深的是塔尔寺三绝：一绝为壁画，二绝为堆绣，三绝为酥油花。

壁画描绘的大都是藏传佛教文化。抬头看去，一张张壁画整齐排布，画面各不相同，但其流畅的线条与鲜艳的色彩都让人不禁拍案叫绝，壁画上的人物栩栩如生，眉眼有神，好像要从画上走下来似的。

堆绣是塔尔寺独创的藏族艺术品种，以佛经故事为主要题材。塔尔寺中珍藏着许多珍贵的大型堆绣，悬挂于大经堂内的《十八罗汉》尤为引人注目。我们走进昏暗的大殿，一阵幽香迎面袭来，殿内的光源是一座座像树一样的烛台，灯火轻摇，光在巨幅的堆绣上晕开。主体是盘坐的佛，珠宝堆砌在一旁，闪着浮动的光，丝毫不影响佛的神圣。世俗纷扰，我佛清净。

最后一绝便是酥油花。酥油其实是鲜奶凉透后浮在表层的一层薄膜，极为珍贵。匠人们为了制作酥油花，只能在天寒地冻时将自己的手用凉水泡过，这样才能保证花朵不变形、不融化。珍贵的酥油花摆了满满一橱柜，人们为了保存这些珍宝，还在橱柜中装上了空调。导游说这些酥油花每年都会更换，以示虔诚。我们走近细看，发现这些酥油花极为精美，每一片花瓣都精雕细琢，无论是即将凋零还是含苞待放，都袅娜得惹人喜爱。我们凑在玻璃展柜前细看，明知有阻隔，仍不敢大口呼吸，生怕在一呼一吸之间酥油花就融化殆尽。

我对佛教的了解大概是从这里开始的。后来，只要看到有人念经，我总会侧目，看到有人礼佛，总会致意。我觉得，能对一种信仰有自己的坚守，是一件很酷的事情。芸芸众生奔忙于人世间的灯红酒绿之中，他们却能于纷乱世间，寻一份内心的平静，即使身体历经摧残磨难，他们也一样甘之如饴。世人庸庸碌碌，只为碎银几两，他们礼拜念经，只为寻找信仰，礼他们心中的佛陀。佛教总把希望寄托于来世，这看起来虽然遥远，但如果人生没有希望，那才是最大的悲哀。

三

从地理书上得知，丹霞是一种流水侵蚀地貌，但在广袤的中国，有一个地方却是例外，是由风力侵蚀而成，这个地方就是张掖国家地质公园。

走过一段几乎没有色彩的路，忽然群山浮现，地层交叠，波诡云谲，色如渥丹，灿若明霞，涌动着不同颜色的光——群山在游走。当然，它并不是真的在动，而是排列的岩层颜色繁多，在阳光的照耀下，夏日的空气被扭曲，连着群山也一并动起来，让人产生一种莫名的晕眩感。我们戴着墨镜，却总忍不住摘下来，以便更直接地饱览丹霞绚丽的风光。

木制栈道很长，似乎走不到尽头，岩层叠着岩层，山又阻隔着山，导游不停地介绍着山的名字，"美人卧""众僧拜佛""灵猴观海""神龙戏火"，一个个名字考验着我们贫乏的想象力。有时眯起眼睛瞧半天，也看不出个所以然。

"艺术这东西太主观，而我恰好没有艺术细胞。"于是一整个炎热的下午，我和刘博不停地按我们的理解指点身边的奇景："这个像我没叠的被子。""那个像屁股。"我俩笑得花枝乱颤。

山也不恼，只是卧着静静地注视着我们。它的美已经超脱了时间和空间，这随即消散的只言片语自然不会对它有什么影响，山不言语，却道尽了自然的话。

7.11

一

我们站在青海湖边，放眼望去，只有一望无际的湛蓝湖水，巍峨峻拔的山川，绿草遍野，牛羊点缀其间，如同朵朵碎花。 如果说，碧波是江南人的眼眸，那么山川就是西北人的脊梁。 山脉横亘四野，贯穿西北，撑起了西北的血肉。 我们走在草地上，行于西北的背脊上，我们走在燥热的狂风里，游动在西北的血液中。

湖水泛起浪花，拍打着岸边的岩石。 我们小组在这湖天相接的图画中，留下青春的纪念，一群少年背着旅行包，背对着相机，坐在青海湖边。

"比个'耶'啊！"不知谁说了一句，我们都笑出了声，把手举过头顶，面前涛声滚滚，头顶水鸟狂飞，游轮一艘一艘地驶向湖中央，轰鸣滚滚，这是我们热烈的青春。

我们登上游轮，抢占船侧观景的好位置，湖面大得望不到边，蓝色的湖水涌动着，奔流着，叶片将湖水搅打开，雪白的浪花向后奔涌，放声唱着西北的狂歌。 大团洁白的云朵，浮动在天际，一阵风吹来，游云涌动，远处湖面泛起圈圈涟漪，几只水鸟滑翔而过，水花四溅。

游轮靠岸，我们踏上一片被烈日烤得发白的沙滩，坐在岸边，看着远山与天空相吻。太阳洒下的柔光使青海湖波光粼粼。被这么美好的景色包围，竟一时不知该说什么了，只能叹一句：祖国山河雄美壮阔，西北风光秀丽奇绝。

二

在西北，从一个景点到另一个景点，不像其他地方，坐十几分钟车，甚至步行就能到，大漠戈壁，人烟稀少，两个景点间的路程总是长得吓人。

数小时的车程后，我们来到了茶卡盐湖。白色的盐堆一垛垛地铺在地面上，在阳光照耀下，无比刺目。白色的盐，蓝色的天，中间是铁轨和小火车，两边是混浊的盐湖。和网上的图片不同，湖水并不澄澈，也没有天空的倒影，只是艳阳依旧，我被白色盐堆反射的光晃得睁不开眼，连续几里所能看见的，只有盐垛和少许古老的建筑。我不禁有些失望。旅行总是这样，听说的美好景色未必能有幸亲眼得见，但到达那个地方，目睹它原本的面貌，未必不是一件美事。

我们顶着炎炎烈日，步行半小时，沿岸风光依旧。终于接近了湖水中心，这里的景色与之前大不相同，湖面异常巨大，但清澈见底，湖底是厚厚的白色颗粒物。群山若有若无地隐藏在云中，墨绿色的山体像极了一幅丹青图。

我们换上鞋套，踩着满是盐的木阶走入湖中，湖水并没有因为阳光的强烈而变得炽热，依然凉凉的，湖水还不及膝盖。我开心极了，卷起裤子，在湖中走来走去，任搅动的湖水翻涌到裤子上，裤子一会儿就被晒干，析出了盐粒，粘在上面，就像粘上了一圈棉絮。湖底的盐软软的、细细的，我们往里走得远了一些，湖水渐渐漫上挽起的裤脚，想到盐粒不好清理，我们便没再往里走。

让人感到遗憾的不是没有看到天空之镜的美景，我已来过，心中自有一番风光，在我的记忆中它会与我心中的盐湖慢慢交织，直到重叠。只是栈道上随意堆放的、湖水里漂浮的塑料鞋套，让这美丽的景象显得不那么完美。我们欣赏着美景，但我内心不住地为这片盐湖感到痛心。倘若千年之后，盐湖已被彻底晒成戈壁滩上的盐堆，被风沙掩埋，风吹过时，我更希望露出的是令地质学家惊喜的盐粒，而不是塑料的残片。

7.12

一

当听到我们要从玉门关徒步到汉长城时,我的内心毫无波澜,但当导游说到两地距离六公里时,我暗中叫苦。出发前,我不慎扭伤脚踝,这两天除了天天流鼻血,每天晚上用氧气袋吊着一口气之外,还得时不时喷点云南白药缓解疼痛。在每天步数1万+的西北,一回酒店就对着肿得通红的脚腕发愁。

六公里,若在市区,忍一忍就走下来了,但这可是徒步大漠,翻山越岭不说,中途还没有休息的地方,要是再次扭伤,恐怕后面的行程都会受到影响。

我站在石子路上,眺望无边无际的茫茫戈壁滩,成堆成堆的骆驼刺痛苦地伏在地上,像饱受酷刑的人匍匐向前,想逃出烈日的灼烧。我长叹一口气,既然来了,就走吧。

天气炎热,大家抢光了车上储备的矿泉水,在荒漠,可以不吃饭,但不能不喝水。

我们从玉门关下车。"春风不度玉门关",过了这个关隘,再往西北走,便是一片萧瑟荒凉,人迹罕至。春风总对江南情有独钟,它又怎会受苦来度这茫茫大漠?我不似春风,更像那艰难求生的骆驼刺,无论环境如何,我尽量蓬勃生长,虽然一瘸一拐,还是跟着队伍在这片大漠中前行。

玉门关其貌不扬,沙棘与周围的植物混合在一起,粘黏成的高高的土坯墙,墙体屹立两千多年而不倒,却也留下了斑驳的痕迹,如今要依靠栅栏的保护,但干燥的风依然执着地对玉门关进行着洗礼,也许再过几十年,它就会被磨蚀殆尽。

世界上不乏这样进入倒计时的地点,马尔代夫将在五十年后被印度洋淹没,澳大利亚十二使徒岩只剩下七个,九寨沟的地震,更是让我意识到世界的瞬息万变。很多风景,很多人,现在不见,可能永远也见不到了。

所以,努力的意义是什么? 是为了风景消失前的惊鸿一瞥,是为了在想念某人时即刻出现在他面前,是为了在家人患病时,能为他们续上性命。

出发前,我们在玉门关外吟诵岳飞的《满江红》,只有这时才能真正地体会这片土地的神圣与伟大,也是在这时,我们的心境由嬉闹变成了肃穆,怀着敬畏的心情去感受古战场的庄严。

一声令下,各组长举着属于本队的旗帜在最前方领队,不顾骆驼刺扎进腿里,一任芦苇荡划过裤子,还要时刻清点人数,以免有人掉队。

随着时间战线的拉长,太阳好像变得越来越炽热,远处的沙漠着了火一样地扭曲着,暴露在空气里的皮肤又干又涩,好像要被茫茫大漠榨干最后一点水分。

我的脚,该如何形容我的脚呢? 我觉得其疼痛程度不亚于童话中小美人鱼上岸后走路的感觉。 我和队伍渐行渐远,本以为我们小组的种子选手们一定会勇往直前,勇夺第一。 谁知,一个转头问我要不要水,一个折回来询问我需不需要休息,甚至,我们小组一齐停下前进的步伐,等我追上来再往前赶。 我感动得眼泪几乎要掉下来了。

为了最终胜利,我们开始走直线,翻越沙丘。 很多人会认为走沙丘所耗时间太多,其实不然,翻沙丘反而十分便利,当你到达一个沙丘的最顶端,可以最快的速度跑下去,再借力使力,就会很轻松地到达另一个沙丘的顶端。 我们就这样不知疲倦地跑着,连喝水也顾不上,不一会儿,就冲到了最前面,变成了第一。

因为过强的团结意识,我们总是一步三回头地找寻失踪的队友,到后来,大约走了四十分钟时,眼看着其他组就要追上我们了,两个小伙伴自告奋勇地跑到队伍最后,拉起小胖,脚不沾地地跑了起来。 大家激动地跟着跑起来,一转眼的工夫,把其他组甩开几个沙丘的距离。

这时我们有些放松,淡定地放慢了步伐。 很快,其他组就赶了上来。 我们又开足马力,跑了起来,我再跟上他们明显已经很吃力了,但我不想在这个关键时候掉链子。 我们抓紧时间在汉长城遗址拍照,然后冲向目的地。

当我们到达最终目的地时，大家都忘了还差最后一张照片没拍，多亏一旁的大爷及时提醒。于是我们又折返回石碑旁，在最后时刻拍下了合照，最终我们得了第一。五百块钱的奖金足够我们明天在西北夜市上大快朵颐。看着彼此汗涔涔的脸颊，我们止不住地傻笑。

我们一行人以坚强的意志战胜了严酷的大自然，让广袤的西北大漠见识到了中国少年的胆识和魄力。看吧，即使扭伤了脚，我也可以坚持下来，我一直是恣意疯长，狂妄如不惧天高地厚的骆驼刺。

二

信步走回汉长城遗址，才发现它并没有我们想象中那么雄武高大，甚至可以说低矮平坦，我们中最小的孩子也能轻松翻过。土黄色的长城，即使被风沙侵蚀千年，粗犷浑厚的线条仍难掩汉代的强盛。遥想它两千年前的盛况，那该多么令人惊叹。

我们的队旗在烈日下招摇，"李广"二字猎猎翻飞。那时的我们还不知道李广是何人物，看着别队的"卫青""霍去病"总是会投以艳羡的目光，后来我读了汉代的历史，知道了"飞将军"李广的英雄壮举，明白了他箭术神武，却终其一生未能封侯的不得志，我为他的才华叹惋，我为朝廷的奸佞愤懑，但最终也只能止于一句"冯唐易老，李广难封"。好在，李将军没有实现的心愿，跨越两千年时光后，一群少年实现了，不知飞将军能否看到一群少年举着队旗在沙丘上招摇。若泉下有知，不知他是否会放声长笑，痛饮三大白为我们舞剑助兴？

7.14

一

我们今天要去的,是我最期待的景点——敦煌莫高窟。

如前文所说,西北荒凉一片,景点间相隔很远,甚至景区大门与景点所在地之间距离也不近。我们要从售票处后面的车站搭车十几分钟,才能见到古往今来吸引着无数文人骚客、佛教信徒的莫高窟。景区大巴行驶在被沙子覆盖了路基的公路上,车辆隆隆驶过,滚滚黄沙漫天。

莫高窟建在直立的黄土崖上,洞窟深嵌其中,庙宇依山而建,深深地嵌入进去,这不是人类的手艺,而是大自然的鬼斧神工,人们只是依托地势,将它建得尽善尽美。

走廊伸出崖壁外,很窄,只容许单人单向通行,谁都不想掉队而错过讲解员当下讲解的洞窟,我们紧密地排列着,队伍依然绵延得很长。吸引我目光的还有周围葱郁的树木,在水源较为丰富的市区我们都没见过这么多青葱的树,我猜它们大概是因为灵性滋养而绿意葱茏。

讲解员反复叮嘱我们不要拍照,这我早有耳闻。这里的壁画都是用天然矿石颜料描摹成的,经百年风化,依然不褪色不斑驳。我早就将手机收起来,准备静静地欣赏,不让科技插手我与壁画的初见。回家后妈妈嗔怪说:"不少人会偷偷拍两张回来给家人看,为什么你没有?"我嘿嘿一笑:"因为我都记住了。"在十二岁的年纪,我对着爸爸、妈妈滔滔不绝地讲了一个多小时,将我所见尽数道出,后来,妈妈再也不说我拍照录像少了,她知道切身感悟更加重要,留在照片中的只是图像,刻在心中的才是文化。

我们进入一个阴冷的洞窟,壁画石刻繁复精致,从脚边一直延伸到天花板,我们需要转动脑袋,仰起脚子,才能看到每一个漂亮的飞天像。

洞中的倒斗顶上绘有十二个飞天,他们上身裸露,下身着不同颜色的飘飘长裙,丝带伴着他们随风飞舞,天宫只作为背景存在,颜色依然鲜艳亮丽,我们惊叹不已。

他们每人都拿着不同的乐器,好像在开一场盛大的音乐会,原来手执琵琶并不是女子的专利。

男子演奏,压缩了婀娜的烦琐姿态,充满力量感的手臂和脖颈反而形成一种因极致反差而造就的美感。他们千姿百态,神情安然。我们燥热的心瞬间因这飘逸的飞天安抚而变得平静。

唯一美中不足的是皮肤上的颜料,已被氧化成黑色,但近看却有一种别样的美,为壁画上栩栩如生的人平添了一种别样的风情。

这是历史的作品,历经岁月的沧桑和沉淀,虽然失去了刚出世时的模样，却另有一番风情。我处在千年之后，理应见到的就是如此。而最完美的形态，最精巧的构思，必定是创作它们的艺术家才有资格见到、体会到，这是创造者的特权。我不怨怼，也不嗔怪，只是单纯地为即使远隔千年光阴仍有幸一睹真容而感到开心。

在另一个洞窟中，有一幅关于前世因果报应的壁画，讲的是一富家大夫人微妙的前世今生。

微妙上一世因嫉妒小妾生子，用铁针将孩子扎死。小妾怀疑是微妙所为，微妙拒不承认，并立下毒誓："若我害死小儿，我下一世嫁夫夫死，生子子亡。"

结果，毒誓应验。下一世的微妙嫁给了一个青年，不久便生了一个孩子，其后又有身孕，按当地习俗，微妙必须回娘家生子。于是一家人一同返回微妙娘家，途中微妙腹痛难忍，不能前进，在半夜产下一子，血腥味引来毒蛇，咬死了丈夫。微妙痛心疾首，却也无可奈何，只能带着两个孩子继续往前走。

他们来到河畔，河流湍急曲折。无奈之下，她先将小儿带过去，后又折回对岸接大儿，谁知大儿等待微妙时，被大浪卷走，微妙折返的工夫，小儿也被蛇咬死。微妙肝肠寸断，痛不欲生，失魂地回了娘家。

她到家后，发现家已被大火烧毁，邻居收留了她，后来又把她嫁了出去。她的第二任丈夫无所事事，整日酗酒。一天丈夫回家，微妙未能及时开门，丈夫震怒，毒打微妙，还将他们的孩子煮熟，逼微妙食子肉，她连夜逃走。

不幸中的万幸，微妙在城外遇到了是富家子弟的表亲，不久与他结为夫妻，过了一段幸福的时光。可天不遂人愿，不久丈夫因病去世，按当地习俗，丈夫死后，妻子必须陪葬。于是微妙随夫被埋入墓中。

谁知盗墓贼来盗墓，见微妙貌美，便起贪念，强占微妙。数天后，盗墓贼犯案被处死，微妙又被同葬，恰逢恶狼掘坟觅食，微妙得以逃出。

她很不解今生为何如此不幸，于是去向佛祖请教，希望得到指点。得知缘于前世发下的毒誓，微妙决心悔过，之后的日子里一盏青灯相伴，专心修行，终于得改因果。

整个故事由精美的壁画一一展现，壁画从大门边上开始，一幅幅相接，环绕一周，直至门口。清瘦貌美的微妙，在壁画上游走于每一个场景间，皈依佛门时，她脸上虔敬的表情令人感到心安，佛门就是她最好的归宿和庇护。

因果报应是个微妙的体系，不仅存在于看似深妙的佛门，也同样存在于我们身边。种瓜得瓜，种豆得豆，播撒的是什么收获的就是什么，付出了努力，上天不会视而不见。这幅壁画的样子我已经记不清了，但是它带给我的思考却一直陪伴着我，在以后无数个深夜苦读的日子里，时刻提醒着我，现在是在种我的因，到下一个季节，我一定会赏到我的花，得到我的果。

我们又来到一个洞窟，据说这是藏经洞，是清朝时王道士发现的。王道士农民出身，皈依佛门，虽守护莫高窟，却未泯尘心。一天他偶然开凿了16号石窟的墙壁，五万卷佛经终得见天日，他马上上报敦煌县令，但官老爷却没有给予足够的重视，只是让他好好保护。他守着这些佛经，渐渐萌生恶念。

自1907年英国人斯坦因以极低的价格买走二十四箱经书开始，在接下来的数十年时间里，佛经不停地被破坏，被变卖，流落到世界各地。当清政府终于意识到敦煌经书的价值时，所剩数量已不足九千件。颇具讽刺的是，英国大英博物馆中敦煌佛藏品多达一万件，法国甚至创立了一门名为敦煌学的新学科，专门研究莫高窟的壁画佛经。

我没有去过英国，但对大英博物馆中中国藏品之多、之精美却早有耳闻。我有时会午夜梦回，去往万里之外的西欧，如一丝游魂穿越重重封锁，在玻璃展柜前久久驻留，萦绕不去，感受文物的呼吸和低声啜泣。梦的最后，往往会被它们巨大的哭喊声惊醒。那些熟悉的中式图案，流畅的线条，古朴的色彩，在我的脑海中盘旋，久久不去。

我究竟是该为王道士喝彩，欢呼他将这些珍宝重现于世，免受世纪风沙侵蚀？还是该怨恨他，使中华瑰宝惨遭破坏，流落海外？我也说不清。人都有两面性，功过得失，每一个人都有不同的看法。

关于莫高窟的开凿也有一个有意思的传说。相传有一位叫乐尊的僧人，来到鸣沙山，发现这里金光万丈，形似神佛。他认为这是佛在召唤他，于是就在断壁上开凿了一个石窟，潜心修行。后来，这里人丁兴旺，一直修了百余年。唐朝武则天时期，女帝为了巩固统治，称自己为弥勒佛转世，莫高窟出现了空前盛况，修佛像佛窟的人络绎不绝，直到宋朝才告一段落。

继续往前走，是一尊弥勒佛像，建于唐朝，是当地官员为称颂武则天而塑。这尊弥勒佛高达35.5米，仅次于四川的乐山大佛和荣县大佛，其依山而凿，纹理浑然天成，带给人的震撼难以用言语形容。不同于一般的男相，此佛处处透出女性的气质，她没有健硕的肌肉，没有微抿的薄唇。她一手指尖朝上，意为拔除众生的灾难，一手摊开，意为带给众生幸福与快乐。其身形巨大，我们要不住地行走，变换角度，伸长了脖子仰望才能看到全貌。

最后一处是释迦牟尼的涅槃像，也是依山而建。他卧于佛窟，贯穿整个洞窟，视觉效果更甚于武则天的塑像。他眼睛半睁半闭，意味着不会再转世轮回，达到不生不灭的境界。佛像捏指，静卧黄沙中，微微睁眼，斜睨众生。看到我们惊奇的神情，他仿若微微一笑，便又隐入尘烟，入了自己出尘的心境里去了。

二

这天很特别,是我的生日,有某种将自己的诞生和莫高窟联系在一起的意味。 我一直对西北有一种难以割舍的情感,不仅仅是因为它荒凉壮阔的景色,也许还因为它在我人生中留下了里程碑式的纪念。 生日并不意味着对过去年纪的丢弃,不是数字加减的游戏,每个年纪有每个年纪的脾气。 如果有一天我想恶作剧,那是五岁时的顽皮在体内复苏;如果我忽然情绪化,那是十五岁叛逆期的我在作祟。

那时的我还整天吃喝玩乐,游山玩水,偶尔会为考试苦恼。 直至今天,我也不能夸下海口说我一定明白人生,我还在不停地了解和感知世界,学着和人打交道。

以前我觉得世界上没有坏人,所有的人都是善良、美好的。 进入青春期,叛逆的情绪上头,我会以偏执的眼光看待世界,觉得身边的人非黑即白,又陷入了另一种极端。 现在回头看看,一路走来,良师益友相伴,美景相随,我依然深信美好的存在。

今天的我,从某种程度上来讲,是我自己、我的父母、我的老师和朋友们花了十八年塑造的一尊塑像。 我爱他们,也爱精心雕琢过的自己。

7.15

一

矗立在我们面前的是嘉峪关关城,高大的城墙连亘六七里。太阳在我们的头顶燃烧,一颗颗豆大的汗珠像掉线的珠子,不停地从我们的脸颊滚落。

我们进入了嘉峪关关城,穿过曲折的回廊,到达了关羽庙。迈入大门,首先映入眼帘的是英姿飒爽的赤兔马,走进大殿,只见关羽手握青龙偃月刀,双唇紧闭,眼眉上挑,正气凛然地站在殿中央,四周的壁画生动地描绘着关羽在战场上的雄风。

我没读过《三国演义》,同行的人谈起时,我总会用崇拜的目光看着他们。同组不少人是不折不扣的"三国迷",他们眉飞色舞,口若悬河地发表着自己的见解。

这时我似乎才意识到"腹有诗书气自华"的真正意义。旅行经过的庙堂和我念过的诗句之间也建立了某种微妙的关系,原来要先读万卷书,才可行万里路。

我们继续往前走,到了一座名叫光化楼的门楼前,城楼内的空地只有巴掌大小,出口入口并不相对,而是分别镶嵌在相邻的城墙下。

当敌人眼看城门大开，便沾沾自喜，以为嘉峪关为囊中之物，遂策马扬鞭，直奔城楼，速度之快，势头之猛，以致来不及勒马，便连人带马一头栽在城墙上。如果有防备之心，侥幸及时停住，楼上的士兵也可借地形之势，放箭投石。

我们用了不到一上午的时间就逛完了小城，很难想象，这样的小城，一年又一年地抵挡着千军万马，救无数百姓于水火。它屹立在西北边疆，岿然不动，无声地保卫着大明王朝的西北边疆。

站在城根下远眺，左边是规模宏大的练兵场，右边是游击将军府。守城将军就在这里操练军队，排兵布阵。

城楼正下方是一块石头，据说击打这块石头就会听到远处燕子的鸣叫声。传说在很久以前，两只燕子一起回城，雄燕飞了进来，而雌燕被关在了城外，没几天就饿死了。雄燕悲痛欲绝，日日呼唤雌燕，最后撞墙而死。此后人们击打城墙，就能听到阵阵燕鸣。

殉情并非古老的传言。去云南时，导游曾经讲解过纳西族殉情的故事：胖金妹和胖金哥约定好，在西山的石崖上跳崖殉情；也有人带着毒药和爱人双双饮下，毒发身亡。

凄美的爱情故事比比皆是。但为爱人付出生命是否值得？濒临死亡的弥留之际，又是否会后悔？

我醉心于梁祝的化蝶情深，醉心于罗密欧与朱丽叶的情深意切，但我完全没想过要为了一个人放弃世间的种种美好，付出生命。世界上一定有人值得你不惜生命来爱护，在确认那个正确的人之前，请先珍惜自己的生命。

我们沿梯登上城墙，来到柔远楼，在它的左方有一座城楼——西瓮城，其会极门门楼后檐台上有一块残缺不全的砖，后人称作"定城砖"。

相传明正德年间在建造这座围城时，请了一位巧手工匠，精通九九算法。监事不信，就让他计算建这座楼要用几块砖，他告诉监事，需要九万九千九百九十九块砖。监事就锻造了这些砖。

建完之后，多出来一块，按明朝律法，工匠要被斩首。工匠说，这是定城砖，如果拿走，城会坍塌。监事一想到城楼倒塌就冷汗直流，没敢追究。从那以后，那块砖就一直被保留在城墙上。

究竟是有意为之，还是计算失误，我们无从考证。但一路走来，一砖一瓦似乎都在向我们讲述着自己的故事，每一景每一物都有自己的历史。

它们没有嘴巴，民间的歌谣，史书的记载，都成了它们的声音。我们听着西北的风声，仿佛能听到铁骑的吟唱；看着跌宕的山峦，滚滚的黄沙，似乎能看到两军交战时的刀光剑影。恍惚间，我们仿佛穿越到它们闪闪发光的那个时代，感受它们震颤的心跳，有力的脉搏。

这一路走来，看了很多，想了很多，对眼睛和头脑来说都是一种享受。原来，在我们庞杂繁忙的生活之外，还有广阔无垠的西北。

我与西北的连接似乎变得更加紧密。但是我有自己的生活要继续，它也有自己的历史要守护，我相信这次的匆匆一面，绝不会是我们的最后一次相遇，我一定要再踏上这片黄沙漫天的土地。也许是几年，也许是十几年，但我一定会竭尽全力，来赴我一次又一次对西北许下的约定。

2

停滞的时间

时间好像停滞了,
每一秒都如此漫长,
长过我生命中每个难舍的告别。

2018.2.4

一

  我们是下午从张店出发的，冬天阳光不似夏天那般刺目，柔柔和和地洒在人身上，在夜幕降临、寒流到来前给大地些许温存。

  冬日暖阳善解人意，被寒风冻了一夜的大地却并不领情。走在路上，总觉得寒冷从地面传来，无法摆脱地顺着身体往上爬，毫不留情地攫取我们身上不断散发出来的热量。

  有同伴耽误了些时间，我们在路上等，等的时候十分煎熬，手表的分针秒针不停地走动，带动着时针一点一点地往下挪。时间好像停滞了，每一秒都如此漫长，长过我生命中每个难舍的告别。

  他们终于拖着行李箱急呼呼地跳上了车，我把耳机戴上，不去看他们四处张望好奇的面孔。我一边生气一边想，没关系，我们还有几天的时间可以相互了解。

  总算赶到机场，离起飞时间已经所剩无几，行李托运窗口已经关闭了。我们只能拖着行李箱，在航站楼间跟随带队的老师一路狂奔。直到今天，我依然相信，我八百米的最好成绩一定是在遥墙机场 T1 到 T2 航站楼取得的。

上次是早上起飞,恰好能看到金光划破天际,这次是傍晚起飞,恰好能看到晚霞轻吻艳红的暖阳。

天空的主角——太阳,周身堆叠着一层层的云,它好像打翻了调色盘,各种浓淡不一的颜色染得云五彩斑斓。云为自己身上沾染的颜色娇羞地笑着,直到最后一抹绯红沉入天际,作为夜幕的出场费,换出了璀璨的星子。

迎接我们的是一个大嗓门导游,他看起来很年轻,手中的小喇叭都盛不住他满溢的热情,一路上不停地向我们介绍古老城墙的历史。我饶有兴趣地听着,目光却始终停留在绵延一路的城墙上不肯挪开,橙色的灯光隐约勾勒出屹立的轮廓。

我以为,公路是川流不息的河流,城墙是屈从河流的士兵,它们在公路的淫威下,向后撤退。

当车开近时,我才发现,城墙才不是软弱的士卒,它们不像死板的山,不像活泼的河。它们是这座城的灵魂,当你仰望着高大的古老墙体时,才能真切地感受到一种震撼,一种壮美,一种属于那个时代的独特韵味。如果每个城市都有图腾,成都会是熊猫,苏州会是小舟,虽然西安满载着历朝历代的文化历史,但我却觉得巍峨耸立的城墙是最好的代言人。

二

西安比淄博暖和些,这是我万万没想到的。没有了刺骨的寒风，便可以大口呼吸弥散着各种诱人香味的空气。西安真不愧是美食之城，彻夜灯火通明的小吃街很多，不消几步路，就可以一头扎进去，美美饱餐一顿。

我们在本地人带领下，去找一家正宗的清真羊肉泡馍店。店里人头攒动，我们赶紧找一桌落座。服务员端着层层叠起的碗，随意地往桌上扔上几只，就匆匆忙忙地赶去服务下一桌客人。

我们以为她扔过来的是带着热汤的碗，都吓了一跳，惊魂未定中，看见面前的碗里除了一张白面饼，空空如也。我们看得疑窦丛生，瞥瞥隔壁桌，老大爷驾轻就熟地上手掰馍。这才知道，这里的馍不是切好的，需要自己掰。我们相视一笑：果然是老店，脾气硬，规矩多。

我饿得眼冒金星，便乱扯几下，把碗交给了服务员。不一会儿，一大碗热气腾腾、香气四溢的羊肉泡馍就出现在我眼前。馍和羊肉在底下，掰得细碎的馍块和葱花、香菜浮在上层。透过清澈的肉汤，可以看见碗底的羊肉块很多，铺了满满一层，把我胡乱掰扯的馍盖得严严实实。

吸溜一口，软香的馍和劲道的羊肉一齐滑进嗓子眼，我们不顾烫嘴的汤，先把肉和馍尽数收入肚中，等汤凉得差不多时，再端起碗来大口喝完。我看着同样大快朵颐的同伴，又瞅瞅沾在碗底的一些胡椒碎，心满意足地说："咱真是一点也没浪费。"

吃完热乎乎的泡馍，身上残存的冷意也被一扫而空。 掀开门帘站在路边，我们一说话，嘴边就升腾起袅袅白雾，扶摇直上，最终消失在浓浓的夜色中。 我们一边在路边等待没吃完的伙伴，一边比赛谁哈出的气最白、最长。 真没意思，永远都是那个最后出门的人赢。 真是应了李白的半句话——仰天大笑出门去。 我来对下句：对着夜空哈气玩。

2.5

一

西北地区逃不过严冬的洗礼，天气寒冷。起得不算很早，但是困意就好像即将到来的寒潮，席卷着我们的大脑。我们在车上睡得昏昏沉沉的，不一会儿就到了半坡遗址。

遗址大厅中满是半坡人的房屋，也就是地面上坑坑洼洼的浅洞，其中还有举行宴会的炉灶，周围密密麻麻的小陶罐向我们展示着这个村落昔日的辉煌。

我们还看到了不同时期半坡村落的房屋复原像。开始时仅仅是金字塔状的茅草屋，后来加盖了圆柱形墙体和尖状顶，有了房檐，意味着遮风挡雨的能力越来越强，而晚期的房屋与我们见到的平房几乎没有差别。与我们相隔约六千年岁月的人类竟有如此智慧，着实让我惊叹不已。他们惊人的智慧还体现在捕鱼、打猎、种植、采摘等方面，细小的骨制鱼钩，精密的手编渔网，锋利的陶刀陶片，带给我的是满满的震撼。

最诡异也最有趣的是墓葬区，几具身材娇小的骷髅旁边堆放着几件她们生前所使用的陶器，之所以使用"她"，是因为在石器时代的母系部落，男性地位低微，制陶、纺织等都由女人承担。他们下葬的方式有很多种，有些要截断手脚，拼凑下葬，有些母子合葬，同样也需断手断脚。唯一的相同点是，她们的墓葬中都有大量的陶器碎片，不乏一些完整精美的器具。

二

午饭过后，我们到达了秦始皇兵马俑博物馆。导游给我们每人发了一根三股红绳，说是避阴气，我这次倒没再嘲笑他们封建迷信，因为这个地方阴气确实很重，就赶紧戴上了。

我们先参观了青铜之冠，两辆马车由故宫博物院的师傅耗时八年，斥巨资修复而成，车身、马身上的白银、黄金等奇珍异宝不计其数，融合得十分巧妙，青铜铸造的人物、马匹栩栩如生，动作神态细致入微。始皇帝的将军驾车，彰显着马车主人显赫的地位，必须是秦始皇的女眷才有资格乘坐，故而得名"香车""美人车"。

我们顺次参观了一、二、三号坑。一进入一号坑，我们不由自主地感叹：这和历史课本上的图一模一样！只是身临其境，更加感觉它的恢宏。从我们所立足之处，往前延伸几百米，仿佛长得没有尽头。坑底的人物多而精细，绵延几百米的陶俑塑像，穷尽陕西文物工作者之力，至今还没有完成复原。举起手机，镜头中人物的头发与胡须都清晰可见。兵马俑身材高大，人人腆着啤酒肚，而且每个人的面部都不相同，传说是秦始皇召工匠专门依照士兵的面部一比一还原的。

二号坑尚未完全开发，车马散落一地，破损的破损，残缺的残缺。

在一旁的看台上，三号坑内什么也看不清楚，相比于一、二号坑太小气了，但是比其他帝王的随葬坑规模也大了很多——陕西历史博物馆收藏有刘邦的随葬品，陶俑只有巴掌大小。

兵马俑刚刚出土时并非只有陶坯，外面还有一层精美的釉彩，但是一出土就因氧化而迅速褪去了颜色，好在剩下了数量惊人、肃穆坚挺的陶坯，能让我们探知到大秦帝国的强盛与繁荣。

如果眯起眼睛细看，能在兵俑的下巴、衣服褶皱处这些不易脱落的地方看见美丽的釉彩，因为长期暴露在空气中，这些残存的颜料肯定也坚持不了太久。

有一个士兵没有头发，也无盔甲，我觉得有些可笑：上战场怎么能不穿戴盔甲？原来，这些人是奴隶，如果想改变自己的命运做官，只能上战场奋勇杀敌，回国清算时，斩获的人头越多，可以获得的官职越大。这就是商鞅变法的军功爵制。也因为此，秦国的命运被改写，为扫六合打下了坚实的基础。听了这些讲解，我不由得对商鞅及秦国的帝王们起了敬佩之心，怀着这样的心情去看，也就不觉得这些陶俑索然无味了。

秦始皇，毁誉参半，我们要一分为二、客观辩证地去看待，但我主观上对他极其佩服。

历史书上说他焚书坑儒，致使众多典籍遗失，但是他留下农学和药学的著作，保障了百姓的生活。

历史书上说他罢黜百家，独尊儒术，但是如果没有他的果决专一，直到今天思想上恐怕仍百家争鸣。

历史书上说他大兴土木，建阿房，修陵墓，但是他也筑起万里长城，将匈奴抵挡在北方，让他们无计可施。

他的专横暴戾是既定事实，无法否认，但是他的勇猛果敢，却历经大浪淘沙，在历史的筛选中沉淀下来，至今仍在熠熠生辉。

三

永兴坊真是个好地方，虽然街道狭小，但完全不扫来逛来吃人的兴，人们摩肩接踵，小心地护着怀里的食物，一边又东张西望地搜罗着美食，乐在其中。

店铺门口的锦旗标明了本店的特色，踮起脚尖，看到的除了乌压压的发顶，就是或红或黄的旗帜，它们在巷子中对立参差着，谁也不让谁地在空中飘摇着，舒展着巷子里的人间烟火气。我只看一眼那些名字，口水就已经开始不自觉地分泌了。

甑糕、桂花糕热气蒸腾，肉夹馍香气四溢，臊子面、biángbiáng面的招牌琳琅满目，拐进一条街，随处可见凉皮的招牌。

我们拿着号码牌，等待我们的臊子面上桌。又酸又辣，肉块很多，稀里呼噜地吃完一大碗，再出去逛。等到遛得又浮现饿意，就买一个三七分肥瘦的肉夹馍继续走街串巷。刚擦去嘴角的油脂，又被那桂花糕吸引了视线，桂花的颗粒缀在糯米表面，长长一条糕还要在蜜里裹一圈，这才递到我们手中。吃桂花糕很考验速度，要足够快，底部的桂花才不至于混着蜜滴到手上。临了，我们还挑了一家门前排着长队的凉皮店，打包一份带回酒店当消夜。

西安是一座古城，街上的砖瓦，头顶的飞檐，无不彰显着它的文化底蕴。漫步在城中，好像穿越了千年的时光，重又回到胡商满街、汤饼飘香的大唐盛世。如果说，博物馆是让时间停滞的一种方式，那么味道也是，它像一架时光机，能突破时间和空间的局限，只要一口熟悉的香气，便能勾起人们对一个地方最原始的记忆。

2.6

今天上午我们游览法门寺，沿着石阶拾级而上，我们进入了这个佛教圣地。忽然，地面上卷起一层白色的海浪，白色的浪花随着老人的哨声在夺目耀眼的阳光下旋转。我定睛一看，原来是鸽子。想想也是，也只有这些活泼美丽的小生灵与供奉的诸位佛祖相契合了。

顺着长长的路走了好久，终于来到了法门寺，只见大门虚掩，侧门大开。正奇怪时，导游讲解道，只有决心剃度为僧的人才可以走正门，这就是所谓的遁入空门。我点点头，跟随大家从侧门鱼贯而入。

映入眼帘的是真身宝塔，塔是实心的，塔下开辟出一座地宫，内有三颗舍利。我们没有看到释迦牟尼真身舍利，倒是玉质舍利被放置在纯金容器内，供奉起来，让我们有幸一睹真容。直达地宫的是一条低矮狭窄的隧道，古时只有皇上才有资格进入。我们顺着步道往塔底走去，里面狭小不堪，连转身都困难，不过倒是金碧辉煌。

接着，我们到了法门寺博物馆，里面陈列着一些盒子，容纳出土的玉质舍利。盒子的雕刻技艺烦琐，类似于套盒，每一层的材质各不相同，层与层之间缝隙只有 0.05 毫米，不足一根头发的粗细，足以看出唐朝时工艺多么高超。

　　唐时期香囊中平衡的技术已被运用到航天事业上；"秘色瓷"的制作工艺至今还是未解之谜；蹙金绣因其过程麻烦，需把金子拉丝，然后一圈圈绕在蚕丝上，也无人挑战。若不是唐玄宗后期不事朝政，藩镇割据，恐怕唐朝的繁荣还会持续更久。

　　其中一件展品让我印象极为深刻，确切来说，它并不是一件展品，而是对当时服饰细致的描述。唐人以胖为美，思想又极其开放，夏日炎热难耐，女子便将抹胸裙、轻薄的罗裳外穿。传说一到夏天，满街的罗裳，如天上飘动的云彩，风一吹，脂粉香气四溢。唐人的制衣成衣技术已经十分成熟，传说有一个阿拉伯商人到广州拜访一名唐代官员，他透过官员的衣服，看到了官员胸口上的痣，便惊奇地问："你胸口上的痣怎么透过两层衣服依然那么清晰？"那官员哈哈大笑，让他凑近去看，原来他身上穿了不止两层，而是五层丝绸衣服。

　　两个半小时的车程后，我们到了袁家村，这里的美味更是不计其数，店铺林立，各类美食的香气浮动在空中，直往人的鼻腔里钻。铺满古砖的街道上人头攒动，热闹极了。我兴奋地奔走在街道上，津津有味地尝着腌制好的柿子饼，发出满意的喟叹声。

2.7

一

我微微睁开双眼，发觉眼前是一个淡黑色的巨大轮廓，这才褪去了睡意，努力睁开双眼，端详眼前的庞然大物——城墙。和那天晚上到达时的匆匆远观不同，我们今天早上有充足的时间近距离好好地端详这伟大的神迹。

城墙是明代时朱元璋下令修建，用来抵抗外敌侵略的，大概有五六层楼那么高，岁月在它身上刻下了斑驳的痕迹，它依然傲然挺立，不减当年雄风。不仅如此，墙外还有一条护城河，把西安城揽在自己宽阔的臂弯中。

我们走进城楼，登上被风化得有些绊脚的石梯，来到城墙一块开阔的空地上。从上面向下望去，不由得连连惊叹，方形城墙将下面的空地围成瓮中捉鳖之势，只要进入这个内城，一切的反抗都犹如困兽之斗般徒劳。

抬首望去，有数座城楼并排在城墙外侧，相邻城楼之间有几十米的间隙，趁早上游客不多，我们拍了些照片。我们在城墙上漫步，看早上的西安古城是如何一点一点苏醒，到了某一时刻，突然车马喧嚣，整座城恢复常态，热闹起来。

城墙上有卖纪念品的小店，我挑挑拣拣，选了两本手绘明信片。邢宝大手一挥买了个陶笛，圆圆胖胖的，看上去很可爱。他后来就在车上坚持不懈地研究如何吹响陶笛，给我们无聊的行车时间带来了无穷的欢乐。后来，我再回忆那段旅程时，很多细节已经模糊不清，只有一帧一帧的画面还在眼前不停地闪回，我想，我的大脑在某种程度上也停滞了，只留下那精彩的瞬间。

二

  午饭之后我们去了南泥湾，那里十分贫瘠，土地上龟裂的纹路斑驳着，延伸向远方，不过好在天空还是湛蓝的，我们在刻有"南泥湾"字样的石头旁拍了照。一个当地老爷爷裹着白头巾，为我们献唱了几首正宗陕北民歌，虽然我们并没有听懂，却也跟着忘情地鼓掌。

  下一站是枣园，四五个小时的车程，我们一路听着呼呼漏风的陶笛声，终于到达了目的地，来参观革命伟人的住处。一排排土黄色的房子镶嵌在淡绿色起伏的群山中，洁白的窗户纸糊在木质的窗框中，古朴素雅的房檐不时滴落几滴雪水，角落里的树木冒出了新芽，焕发着勃勃生机。

  屋内陈设十分简单，几把椅子，两张桌子，一张床，便是窑洞的顶级配置了。导游又给我们讲了些房屋主人的故事，她操着一口陕味普通话,我又离得有些远,所以听不太懂,于是索性自己看。 自己静静地参观,不必削尖了脑袋一定要看到什么东西,不用往前挤一定要听到什么东西,只是随意地看墙上的介绍,收获也不小,让我对他们更加肃然起敬。

三

我发现,只要是往北方走,菜一般都很合我的胃口,出门几天,往往长胖三到五斤不等;而去南方,除了夸张的运动量,菜的口味也是千奇百怪,要么酸得要命,要么辣得要命,所以去南方玩我总是会瘦上几斤。 从赏景这方面来说,我更喜欢往南方跑,但我一般很难拒绝北方的面食。 尤其是陕西,这里简直就是碳水化合物的天堂,面条配糕,凉皮配肉夹馍,是当地人的常态,我倒也吃得不亦乐乎。

花了些时间回到市区,坐着大巴在街道上穿行,把额头贴在玻璃上,微微抬眼,便是一座座古风古韵的老房子,碧绿的青苔在某个不起眼的角落爬上风化的砖块,零零散散,屋檐上滴滴答答的雪水,落在砖缝中,与青苔相映成趣。

热闹的街道上空交织着小吃诱人的香味,各色的旗子悬挂在店铺门口,展示着自家的特色,食物的热气袅袅升起,化成一片片白雾,笼罩在城市上空,宛若仙境。

2.9

一

　　第六天了，最近我总是扳着手指头数日子，既盼望快些回去与家人团聚，又盼着能与朋友们多相处些时间。分别在即，说不清是喜是悲。

　　晨雾散尽，我们便早早乘车前往大明宫遗址，去探寻这个昔日宏伟辉煌的唐朝宫殿。戴上3D眼镜，我们观看了一部关于大明宫的影片，讲述的是唐朝公主与康国王子曲折动人的爱情故事，虽然片子不长，但令人动容。

　　我们走在大明宫遗址的小路上，砖头垒起的高高的堡垒一样的建筑群就是大明宫宫殿的地基，很难想象它在未被摧毁时庞大、富丽堂皇的样子。据说，站在宫殿的顶端便能将整个西安城尽收眼底，甚至连山上的宝塔都清晰可见。怀着敬畏之心，我抬头凝视倾尽了工匠心血的大明宫，一种惋惜之情从心底油然而生。琉璃易碎彩云散，烟花易冷，昙花一现，阿房、大明等闻名遐迩的宫殿，最终只能活在史书的记载与人们的想象之中。

　　我之前看过一本书，里面提及了中国古代建筑多为木质的原因，其中很重要的一点，是说木质建筑更新换代的周期较短。宫殿的一次废弃,有时恰好能迎来下一个朝代的新生,不至于让有限的土地上处处是前朝的痕迹,还要费财费力来拆除。

当时我觉得这种说法很可笑,即使大明宫的地基为砖石,不也没逃过消失殆尽的命运吗?与其挥霍钱财,拆除建筑,不如让前朝百姓直接参与建造新一朝的建筑,给自己的百姓一个活命的机会,也算作为末代统治者为百姓们做的最后一件事了。

随后,我们又去了大明宫遗址博物馆。导游为我们详细介绍了大明宫内各宫殿的名称、特点,以及馆内展陈的珍贵历史文物:鎏金铜铺首,支撑宫殿的木质结构——斗顶,无须一根铁钉的建筑结构——榫卯……而其中我最喜欢的,莫过于白陶舞马。

马儿通体雪白,体格健壮,一块块肌肉棱角分明,马的右蹄抬起,头微微颔首,鼻孔微张,目光炯炯,注视着地面。虽为陶马,但是它身上却有逼真的鬃毛和马尾,它的毛发都是用真的马毛一簇一簇地粘在陶身上的,经过岁月的洗礼,马毛腐烂消失,只剩下精巧的白陶马身。

二

我们又去一条古街观看了皮影戏。戏台在一处院落里,院门的牌匾上有"榜眼及第"的题字，由乾隆亲自书写。穿过古香古色的大门，就进了传统的四合院，院落的装饰没怎么被破坏，木头散发着玫瑰色的光泽。顺着指示牌走了好久，终于拐进了一间阴暗狭小的屋子，室内摆放着几张长椅，唯一的光源是前面幕布上散发出的光芒。

一场皮影戏大概有十多分钟，幕布左侧有棵树，右边是一扇大门，画面中央是一个挑着担子的卖货郎与一位美丽的姑娘。两人订了娃娃亲，新郎想见见素未谋面的新娘，便乔装成卖货郎，借与未婚妻讨价还价的时机调戏姑娘。正当我意犹未尽时，叮叮当当的奏乐声却戛然而止。

为了在短短的时间内把故事讲得起伏跌宕，妙趣横生，所以奏乐并没脱离陕北地区高昂激烈的民歌风格，敲锣打鼓，不一会儿就将全场人的注意力吸引住了。或凄哀婉转，或激进猛烈的唱腔，将人物的性格特点展示得淋漓尽致。以前读贾平凹先生的《秦腔》，我就为那种粗犷高亢的唱腔所震撼，跟随他的文字深入陕北，仿佛我也能听到台上人的歌唱，能看见戏台上翻飞的衣袂。今日一听，果然名不虚传。

皮影的人物偏平面，所以只能靠夸张的颜色和艺术家们的操控来描摹人物形象，但皮影却由此活了起来。不同于西方的木偶戏，我总觉得他们的木偶形象太过阴森。反倒是皮影，藏在薄薄的一层布后，画面朦胧，似薄雾笼罩着清晨的湖面，观众张望着去窥探湖面上的倩影，即使入目的是隐约的形象，内心也能得到极大的满足。皮影将中国人浪漫的审美风格展现得淋漓尽致。

三

碑林，也是个瑰宝繁多的去处。一块块扁平的石头刻上书法家、艺术家们的作品，竟也变得生动起来，让我们好像在与相隔几百年岁月的他们谈话交流。颜真卿的字十分端正圆润，字体宽，笔画粗，却有棱有角，十分整洁；柳公权的字则不同，他的字较瘦长，笔画也细，却不失力道，坚韧刚毅，所有锋芒都藏在瘦长的字里。果真是颜筋柳骨。穿梭在石碑林，静下心来享受，观赏，也不失趣味。

碑林中还有昭陵六骏，包括拳毛䯄、什伐赤、白蹄乌、特勒骠、青骓、飒露紫，它们作为唐太宗的随葬品被封进墓葬中。其中，飒露紫和拳毛䯄两石刻于1914年被盗，辗转于文物商之手，最后流失海外，后入藏美国宾夕法尼亚大学博物馆，碑林中陈列的为复制本。其余四块也曾被打碎装箱，盗运时被截获。

六匹骏马英姿飒爽，步伐稳健轻盈，仿佛在云端跑动，战马眼神坚定而冷静，有种看惯厮杀后的沉稳，毕竟是唐太宗的坐骑，随他征战南北。它们英姿飒爽的身上却被盗墓者凿出了一道道裂痕，不能不让叹惋。

  我不由得想起了在敦煌看到的壁画，我们所看到的仅是很小的一部分，经书壁画有些已经流落他国，也许再无归国的可能。 如果历史可以重来，我们能否在落日玫瑰色的光泽笼罩大地前，在航船扬帆之前，在骆驼队满载瑰宝西行之前，以我们微不足道的血肉之躯，拦在那些外国人面前，将打碎的石块、破裂的壁画留下来，留在我们的故土上？

2.10

今天我们起了个大早，去往此行的最后一处景点——陕西历史博物馆。

许多馆藏文物，颠覆了我的认知，比如刘邦墓中的陶俑，只有半臂高，且数量远少于秦始皇陵中的兵马俑。再比如调兵用的虎符，我原以为起码有手掌大，其实只有一根手指大小。

而最让我咋舌的大概是唐朝时期的繁荣开放程度。一进入唐朝场馆，我所能想到的唯一的形容词就是"富丽堂皇"。满目都是金银玉器，精美的烛台摆件，还有对当时音乐、宗教、服饰的介绍短片。只有当一个朝代强盛到一定程度时，才有精力去发展生产之外的精神世界。显然，说唐朝在这方面登峰造极毫不为过。

我印象很深的是一个葡萄花鸟纹银香囊。小香囊呈球状，下部球体内设有两层银质的双轴相连的同心圆机珠和一个半圆形金香盂，香料就放在里面。外壁、机环、金盂之间以铆钉铆接，可自由转动，在重力的作用下，香盂在银球中总能保持重力向下，即使再晃，香料也不会洒出。这项技术现在被应用于航天领域。球壳很薄，镂空雕刻着各式花纹，隐约能看见盛放香料的香盂。几百年前，杨贵妃就佩戴着这样一个小香囊，步步生香，我甚至能想象出她站在被绫罗绸缎包围的宫殿之中，巧笑嫣然、顾盼生辉的模样。她身上的配饰随着她轻盈的脚步发出叮叮轻响，她满心欢喜，走向她的心上人，她也许已经预见到了自己的命运，但她仍然那么坚定地向他走去。为什么一国的颠覆要以美人为借口，明明她们连决定自己命运的资格都没有，她们本意并非如此，也并不想深陷于政治风暴中而无法脱身。不是美人需要政治，而是政治需要美人。

见惯了各种陶瓷制品后，看到一墙的编钟难免眼前一亮。青铜钟由大到小，由上至下，整齐地排列着，制作青铜所消耗的人力物力是巨大的，铸模浇铸的工艺标准高得吓人，工匠必须极其小心。如果孔子所批判的"礼崩乐坏"是让如此美丽的编钟失去在正式场合出现的资格，那么我希望，礼乐永远长盛久兴。

从馆内走出，思绪仍沉浸在繁复精美的文物古迹中无法自拔，有时看景一整天带来的满足感不及在博物馆中漫步的十分钟。

如果说景色已经过细雨冲刷，狂风鼓荡，千百年前的面貌我们如今所见不及十之二三，那么文物可以说是最大程度地保留下了当时的风姿。

我的视线停留在文物上细小的斑纹处，就好像时光倒流，我们又回到了那个时代，我的身影与无数个站在文物前的身影重叠，时空中交叠着无数个欣赏这件宝贝的我，我们的样貌、身世各不相同，但也许，某一缕思绪是相同的，我们的思绪交织融合，构成了它不可或缺的一缕魂。如果说，观众的二次创作是一件艺术品形成的必要条件，那么我们的欣赏和评论也让这件珍宝有了异样的光辉。

当太阳的余晖笼罩大地时，我已登上回家的航班。云层之上，再回望这雄奇俊美的土地，多么希望，时间就在此刻停滞，让我永久地停在这片带给我诸多震撼与沉思的土地。

3

风起风动

年少时的心动从没有理由。

他的名字是最短的诗。

2018.7.16

一

  夏季早晨的天空是淡粉色的，微凉的风轻轻吹着。我拉着行李箱，提着不方便的裙子，走得匆匆忙忙。

  妈妈说要坐一天的车，没什么活动，催我换下我草草套在身上的防晒衣和运动裤，给我挑了一条白色的连衣裙，仔仔细细地给我绾了一个丸子头。

  现在想起来，真的很感谢妈妈的执着，让我在他面前留下起码在我看来足够隆重的第一印象。

  我到时，大巴上不少人已经就位了，大家吵吵闹闹、兴奋地说个不停。前面已没有空余的座位，我只能往后走。快到车尾的时候，我停下脚步，心想，不能再往后坐了，晕车的痛苦我绝不想再体会了。

  我看到一个男孩旁边有空位，就打了个招呼，问他有没有人，我是否可以坐在这里，得到肯定的回答后，我转头向车下张望的妈妈挥挥手，咧嘴笑了笑。

  往行李架上放包时，我看到后排的一个男孩闭着眼睛，神情平和，在一车的叽叽喳喳声里，他不戴耳机，不说话，只是闭着眼睡觉。

二

一觉醒来，已经进了河北，过了北京之后，燥热得有些发白的城市群渐渐向后退却，绿树草丛越来越多，天也渐渐阴沉下来。除了高速路和泛灰的天空，满眼都是浓重的绿色。

穿过一条隧道，忽地升腾起了雾，乳白色的纱似的，覆盖在渐渐高耸的群青上，丝绸一般缱绻地流动着，柔和了深绿，温婉地缠绵着山体。

不知是谁大喊一声"快看窗外"，旋即哇声一片。大家纷纷掏出手机拍照录像，我也不例外。绿意彻底驱走了我的睡意，我兴奋地看着窗外的美景，啧啧称奇。

车在服务区停靠，大家急着下车，我不想与大家争抢，就在车上多停留了一会儿，让他们先下。抬头看看窗外美丽的山色，心里那颗亲近自然的心愈发按捺不住，便也紧跟他们，匆匆下车。

外面下起了小雨，雨点很密，但是很舒服。只是风有点大，吹得我的裙子乱飞，露出的肩和手臂瞬间起了一层鸡皮疙瘩，我捂着裙子以最快的速度往厕所走，迎面碰上那个闭目养神的男孩，他吊儿郎当地走着，我的目光被吸引过去。

年少时的心动从没有理由。也许是风太大，吹皱了我心里如镜的池水，也许是雨太密，打湿了我心里飘扬的经幡，不知怎的，我的心跳就那样错愕地，没有理由地，乱了一拍。

他的两个朋友，在车上坐在我旁边和后面。他认出我来，先瞥了瞥我的裙子，马上移开视线，一歪脑袋，笑着说："怎么才下来？"我扯着裙子，有些狼狈地答："车上人太多，怕挤。"他挑眉笑笑，往回走，我则继续往前。

后来在车上听到他的朋友叫他，知道了他的名字，却猜不出是哪两个字，不过喊着倒是很顺嘴。

后来我网上冲浪读到一本书，书里说：你相信吗？在我甚至不知道你叫什么的时候，就喜欢上你了。

他的名字好像有一种魔力，让我忍不住念来念去，默念也好，出声也好，每次都像读诗一样美。他的名字是最短的诗。

我问过他之后终于知道怎么写了，思维是一种很象形的东西，之后每次叫他，总会想起"红日初升，其道大光"。名如其人，他确实是我青春里喷薄而出的朝阳。

几小时的车程结束，入住酒店，分完房间，我们道别。我趴在床上，把头埋进枕头里，任凭心动将我淹没。我开始后悔，为什么没多带几条漂亮的裙子，为什么没在出发前去剪个头发。

7.17

一

外面天阴沉，今天户外活动又很多，从胡乱放在地上的行李箱里使劲拽出牛仔裤和T恤，匆匆套在身上，扣一顶帽子，就和室友一起出了门。

邢宝早就在楼下等我了，一见我就絮絮叨叨地说怎么又起晚了。我边和他扯皮边和他一起往餐厅走，同时留神环视已经落座的人。

哦，他早就来了，在那里侧着头和朋友聊天。我随便挑了几样食物朝他走去："早上好！""早啊！"他正喝粥，抬起头含混不清地说。我盯着他笑笑，低下头吃饭。

二

林海音在《城南旧事》里写过"我们看海去"，那么，我们上山去。天是阴的，风是狂的，雨很小，但被风刮得很斜，我要按住想逃离头顶追寻自由的帽子，拉住猎猎翻飞的冲锋衣衣角，才勉强不至于被金属拉链打到脸。

从远处看，山上一片青绿，但真正走上山丘低头近看，才惊奇地发现原来只是稀疏的草，真是"草色遥看近却无"。

山坡上有几匹姜黄色的马在俯身吃草，我拍下来，发给朋友，配文：送你一匹马。

这是三毛的一本书的名字，不同于《撒哈拉的故事》的热烈和《雨季不再来》的失落，透过这本书，她想送每人一匹马，一匹想象之马，一匹治愈之马，一匹自由之马。这种给予的心理恰似我现在的心情，如此美景，我想和我亲爱的朋友一同欣赏。

人是自然的一部分。当我立于群山间，静坐江河边，总会有最原始的雀跃油然而生。不是想着到了平日向往的远方，见到了火爆全网的风景，而是将自己完完全全地交给自然，任凭风吹雨淋，不离，不悔。

我想把这种生命最原始的悸动记下来，如果有机会再翻阅，便能和那个雀跃的我心意相通，再次感受大自然带来的脉冲，体会如电流穿击的兴奋。也许不止我一人如此，渴望着远方，与自然归一。

我常思考：自由是什么？我曾经以为：自由是凌晨两点在街上玩滑板，是每个长假逃离生活的远行，是偷偷把酒灌在保温杯里，是课上说不完的话，是打不完的羽毛球，绕不完的操场，穿不完的走廊。

在山顶上吹着狂风，晒着暖阳时，我才突然发现，无论怎么样，我都自由。

在人生这场以世界为界限的游戏里，我们身体完整，心灵充实，眼界宽阔，我们可以随心所欲地做一些有趣的事，难道这还不值得我们兴奋吗？我们生活在自由的世界里，我们就是自由本身。

三

雨来得快，去得也快，蓝天渐渐映入眼帘，团团的白云悠闲地飘在连绵的群山上方，油画一般明暗交错，肌理丰富。山脚下是成片的碧绿松林，沐浴在日光下，似流动的绿色海洋，飘出阵阵松香。

在山顶，我们分组，做队旗，定口号。喊着、叫着打完气便开始做任务。山上一共有四个地点，各有一位老师守候，率先找到他们完成相应任务的小组获胜。

我们在松林里穿梭，任凭松枝掠过头顶，留下一抹淡淡的松脂味。我们完全不顾形象地奔跑，踩在厚厚的马粪上，密密的树林挡住我们的视线，羊群也不时拦住我们的去路。

终于找到三号任务点，手忙脚乱地完成拼图后，向着远处的叫喊声看去，很顺利地找到了二号，真是得来全不费工夫。

这里的任务是"穿过报纸"。每个小组有七八个人，相比之下，一张报纸真的是又小又薄，穿过它似乎是不可能完成的任务。

我灵机一动，揪住一个角，将它像削苹果一样，一圈一圈地撕下来，努力将纸裁得最长，然后艰难地围住我们。

幸好大家用胳膊死死地攥住撕得像狗啃一样的薄弱处，不然纸片早就断裂了。当老师大声宣布"OK"时，我看到他正领着队伍手忙脚乱地撕报纸，我朝他仰头一笑，他看着我扬了下眉，似乎在说：我们也马上完成。

以前，我总对小孩子有偏见，认为他们爱哭闹不讲理，现在我开始有些佩服这些比我小得多的弟弟妹妹了，他们的团结进取，不达目的不罢休的执着，给我很大的鼓舞，只要全身心地投入做一件事，就锐不可当。

就像《牧羊少年奇幻之旅》里说的一样，只要你想做一件事情，整个宇宙都会来帮助你。

最后是四号，我们费了九牛二虎之力好不容易找到，可老师却说不是。我们只得悻悻离开，向另一位老师询问，得知那里就是四号任务点——那位老师在骗我们！

我们十分气愤，可为了最后的胜利，还是灰头土脸地找到了那位老师。猜谜活动已经开始了，我们赶紧领了谜语，围坐在草地上，绞尽脑汁地想。

看到其他队已快速完成，我有些心浮气躁，动起了歪脑筋，我悄悄拿出手机，快速摁下两行字，点击搜索。

我的心怦怦直跳,似在呵责我的行径。我急促地念出答案,完成了任务。但我不敢抬头看老师的眼睛,也不敢看他的。

这次丛林探险,我收获的不仅有年龄小的弟弟妹妹的进取精神对我的冲击,还有撒谎所带来的不安。

妈妈曾经跟我说,永远不要说谎,因为说了一个,就要用无数个谎言来圆。而除了"谎言的积累",心理也会有很重的负担。我在他们面前好像赤身裸体,无地遁形,羞耻感慢慢爬上我的脸颊和耳廓。

四

完成任务之后是自由活动时间,我没有什么想做的,吹吹风就足以让我感到惬意。我站在山顶上,四处乱看。

他闲不住,热心地帮人捡被风吹掉的帽子和队旗。他在原野上奔跑,我在山顶上看他。他迎着我的目光走上来,我不躲闪,以同样大胆而炙热的目光回望他。

也许这次旅行之后我们不会再见面了,所以我要将他的每个瞬间记在脑海里,他的轻笑,他的声音,他走路的姿势,手摆动的幅度。

以往害羞的我,鼓足了全部的勇气,以目光作礼,无数次随着他移动。这种勇气,那年夏天之后忽然就消失了。

加缪说他身上有一个不可战胜的夏天。我也有,只要提到那个夏天我就会轻笑,会痛楚,会在笑与泪中生出无边的喜悦。

五

下午,我们乘车穿过一小片菜地和村落,经过成片的草原,一路上小崔老师不停地和我们讲这里的农业。

他说:"这里下雪特别早,八九月份,漫山遍野都是积雪,深的地方能到腰。这也为农业提供了条件,水分多,菜就长得好,但因为温度不高,相比南边,这里的蔬菜要延后一两个月。品质好又错峰上市,总是供不应求,这里的经济就发展起来了。"

车上不知什么时候响起一片呼噜声,我强撑着,但也听得脑瓜嗡嗡地疼,竟然有一种奇妙的、似曾相识的感觉,尔后恍然大悟,这不就是我的地理简答题吗?

终于到了草原嘉年华目的地。铅灰色的云逼近,黑压压一片,刚才还晴好的天空瞬间就被乌云占领。一路上我和他还在担心会不会下雨,雨果真来了,细细密密地落在经幡上,就像布上细细密密的针脚。

这里是满族自治区,哈达是对客人的最高礼遇。 我双手合十低头接受哈达,然后抬头对捧哈达的满族姐姐报以微笑,扭头看见他围着哈达,学着我的样子双手合十。 他打趣地问:"是这样吗,我学得像不像?"我气得笑起来:"像,比菩萨还像,莲花台该你坐。"他听出我的讥讽,也哈哈笑起来。小朋友们忙着入园疯玩,我和他悠悠地跟在队伍末尾,说着话往里走。

娱乐设施很老旧,有些甚至锈迹斑斑,比不上专门的游乐园。 在零星小雨里,我们却玩疯了,在各个器械间奔跑,恣意喊叫。 最为惊险的要数滑草了,从山坡上急速滑下,短暂的失重感让人大呼过瘾。

我在山脚下边挥舞双手边向上喊:"疯狂的青春总要喊喊!"他一边嘟囔着:"喊什么啊!"一边又在滑下时如法炮制。 我笑得前仰后合:"你喊什么啊!"他面无表情地说:"没什么,走吧。"我憋着笑跟着他往前走。

他很有运动天赋。 我以前学了整整一天的高尔夫,只简单给他说了要点,演示了一杆,他就打得像模像样,击球距离让我望尘莫及。

我俩以前从没接触过射箭,同时开始学,他能命中六环,我却次次脱靶。 他很会总结规律:"你把箭稍微抬起来一点试试。"我将信将疑地抬高胳膊,搭箭拉弓。 射出的一瞬间,我就觉得有门:上靶了,八环。 我放下弓朝他挑挑眉:

"青出于蓝而胜于蓝啊。"他笑道:"是,是,是。"

去打真人 CS,我说:"我以前玩过,很会坑队友。"他扑哧一笑:"没事,跟紧我就行。"我们穿上军绿色的背心,在轮胎和装甲车等障碍间游走。

我视枪为无物,只是亦步亦趋地跟着他。一抬头,他就在前方。我从没有这么仔细地观察过一个人的背影,我看着他,只觉得越看越好看。他不停地找敌人,找方向,射击,还要回头告诉我接下来往哪里躲。我从观察中回过神来,恍惚地点点头。他笑笑,似乎能看透我为何失神。

后来我们这队凭借"游击战"的方式取得了胜利。我觉得是我拖慢了进程,他却说本来就想慢慢玩。

如果说,当时的动心我不知来由,那么现在的沉沦就完全有迹可循。他的绅士体贴,他的聪明沉稳,对我有致命的吸引力。他话不多,但是很有执行力,待在他身边会让人觉得温暖和安全。

他的安静像篝火发出的噼啪声响,沉稳的表面下汹涌的暗流像隐藏在焰心那旖旎的色彩,让人忍不住想靠近,想探索。

7.18

一

今天我们去最纯净最美丽的一片草原野餐,野餐前需要我们去捡柴火。

一下车,我就被满目的绿惊得说不出话来。这里是一处小盆地,周围是松树遍布的山,中间是绿得发黑的草原,青草一直疯长到山顶。潺潺的小溪汩汩自远处山上而来,似乎能看到发白的山峰,几匹马在溪边饮水,草地中间已支起铁锅,只等足够的柴火来让它迸发,燃烧。

我疯跑进这满眼的绿里。但乐极生悲,跳过小溪的时候让石头绊了一下,脚一下崴进一旁的小坑里,上次的旧伤好像被唤醒了,脚踝一跳一跳地抽痛。我点点地,确定没有伤到骨头,试着走了几步,觉得还可以,就跟着大家上山了。

山顶的风光又不同于第一天,这里村落很少,极目远眺,目光所及只有无垠的绿,洁白的风车点缀山间,有风就转,没风就停。

我正陶醉于靓丽得有些炫目的草原风光,他凑过来问:"脚还好吗?""上山没事,下山肯定没问题。""不一定,待会儿我帮你捡,你随便拿点意思意思就行了。"

我看向他的眼睛，狂风、嬉笑的声音如潮水般退却，整个世界的绿都融于他的眼眸。霎时，我只觉得夏风阵阵，吹动一池含苞待放的荷，波光涌动，荷叶上露珠晶莹。

我装装样子，他玩真格的。路边有一棵倒地的小松树，有手臂那么粗，几乎要和少年一般高。他掂量一下，拖着树干，二话不说就往下走。少年的尾巴是青松，我一边这样想着，一边笑着跟上他。

二

野餐开始，老师负责烧火做饭，我们没事干，从车上拿了足球下来随便踢着玩。我不是一个运动细胞发达的人，唯一擅长的就是七岁开始学的羽毛球，我学东西很慢，所以也不会轻易对某项运动产生浓厚的兴趣。

但是他不一样，在草原上奔跑时如履平地，球在他脚下就像被施了魔法一样，他随意地颠球、过人，不费吹灰之力。后来才知道他是市队的球员。碧绿的草原上，少年的身影为眼前的景色增添了最富有生机的一笔。我的眼神在他身上流连，迟迟不肯离开。

我们分了两队：他是另一队的队长；邢宝是我的队长，他第一个就把我挑了过去。我看他，他看我，好像有点委屈，很舍不得的样子。我说："我不会踢球，在哪队哪队必输，就算给你当间谍。"他说："没事，随便踢嘛。"我们分别就位，我全程盯着球，后来我翻照片时发现，他全程盯着我。

小朋友们在这种竞技型的环节总是互不相让，非要争个高低。一个守门员飞扑救球，甚至一头扑进了马粪堆里，裤子、衣服、头发，无一幸免。我们先是愣了一下，然后手忙脚乱地把他拽出马粪堆，爆发出大笑。坐大巴时没人愿意和他挨着，大家捏着鼻子，离他十万八千里。晚上他洗过澡，换了身衣服，委屈地跟我们说："头一次体会到被孤立的感觉。"不一会儿又换上一张笑脸："我那个飞扑帅不帅？"

比赛十分胶着，他倒是云淡风轻，在草坪上随意走动，但射门总是很准。2018年有足球世界杯比赛，从不看体育比赛的我，在这年也熬了个夜。

听到老师的呼唤，我们才不舍地结束了比赛，跑去吃饭。一个小组一个野餐布，我们两组正好挨着，于是我们各坐一角，扒饭之余抬头就是对方。

我觉得转头够菜太麻烦，就低头一个劲儿地吃饭，他问："不吃菜吗？"我狡黠一笑："留给长身体的小朋友。"他比我小几个月，低我一级，后来我就老叫他小朋友。他无可奈何，想反驳却又没有理由。

三

下午要去骑马。以前去沙漠时骑过几次骆驼，只觉得太慢，不够轻巧和快捷。马是我最喜欢的动物之一，它美丽优雅，高昂着头不肯低下，它的一切都是美的化身。

它轻轻翕动鼻翼，喷出热气，马尾摇摆着驱赶蚊虫，甚至走起来时，在油亮毛皮下收缩和舒张的肌肉，在我看来都闪烁着美丽的光辉。

牧马人在前面牵着它，我坐在马背上，却不见它意气风发，马鬃轻扬。它的辔头连在缰绳上，牵在牧马人的手里，连同它的灵魂，一同被禁锢住。我放纵思绪，想象千万年前，它们独立生活在山间、原野的自由和奔放，身随心动，风动心动。

人类走过万年的进化历程，终于站在了自然之巅，他们反过头来破坏孕育他们的家园，奴役这些本该与之平等的动物，海豚湾的血水，非洲象的嘶叫……它们在以生命发出警告，让人类守住最后的底线，不要将钢筋水泥变成世界的全貌。

7.19

一

吃过早饭,小崔老师就带我们去了元上都遗址博物馆。去的路上,小崔老师给我们讲了很多相关的地理知识,听着听着,我们大部分人都睡着了。醒过来,我咂咂嘴,擦擦口水收拾东西,他从座位间隙探出头来:"醒啦,正好到了,走吧。"

外面太阳很大,白色的地面反射着刺眼的强光,山坡上的砖红色建筑看起来很远很远。我戴着帽子,依然被地面的光照得睁不开眼。

在日光下,远处的路扭曲得有些模糊,我不停地喝水,来减轻晕眩感。他凑过来和我并排走,从包里摸出一瓶口香糖:"吃一个会清醒一点。"我接过口香糖,感激地看了他一眼,塞到嘴里,浓郁的西瓜味在口腔里弥漫开。

从那天之后的两年里,我买口香糖,就只买西瓜味。说不清缘由,可能只是为了纪念那个逝去的夏日。路很长,太阳很大,可我走在他身边,只希望路能再长一些,最好没有尽头。

二

我们进去以后,导游给我们讲解了元朝的来历,介绍了成吉思汗和他的孙子忽必烈是怎么统一蒙古、建立元朝的。

以前出来玩,我总是紧紧跟住导游,生怕遗漏一个字,但是他在后面,我就有意无意地放慢脚步,等他。

也许是感到无聊,他不说话,只是跟着随意地看。他站在玻璃展柜前,灯光映在他的脸上,他的眼睛真好看,光波流转,熠熠生辉。

我和他一起走,发现展品前原来可以没有人山人海。我们捡漏地看,每一个都看得很仔细,驻足很久。面前繁复的花纹装饰,都似过眼云烟,我的心早就飞到他身上去了,余光不住地向他扫去,看到好玩的好看的,总要让他过来看看。他就跟着我,一起漫无目的地转悠。

参观完博物馆后,我们去一个超市买特产,我买了一大包奶糖奶酪棒,一上车就拆了一包,分给了很多人,只为了名正言顺地送他一块。真奇怪,喜欢一个人总是忍不住想把所有甜蜜美好的事物都给他。

三

下午，小崔老师把我们召集到了餐厅二楼给我们讲了很多他小时候的事。从寒冷的冬天穿过厚厚的积雪去县里上学，到上大学时苦练普通话，为了省钱精打细算，连回家的车票都舍不得买。

他生于草原，长于草原，又回到了草原。不是落叶归根，而是将最宝贵的青春年华投入这片哺育他的土地。

我们时常听到，远走高飞就好了。如果我们像风筝，故乡就是那根牵着我们的线，如果线断了，风筝就绝无可能再腾跃上天空，自挂东南枝是它唯一的结局。

喝过一个地方的水，就是一个地方的人。饮水思源，故乡是我永远的源，是我流动血液的源，是我蓬勃思绪的源。我的根永远在那里，汲取着故乡的甘泉。

这次我们没有睡觉打盹，都聚精会神地听着，他讲得很投入，我们也听得很认真，讲到最后的时候不断地有人啜泣，擦眼泪。

今天是我们在草原的最后一天，他说，他很喜欢我们，把我们当亲弟弟妹妹，所以才会讲这些他最不愿提及又最自豪的事。希望我们能好好努力，不论回到家乡还是迈向远方，都繁花相伴，前程似锦。

四

我们在手上涂上油，捏着酥皮，做了满式月饼，烤完带出去分给周围的牧民。他们打开大门热情地迎接我们。

牧区与城区真的太不一样了，栅栏和门打开都有吱呀的声音，像是久远的呼唤。房间里有种动物毛皮的味道。

他们局促地搓搓手，拿出海碗给我们倒水喝，我们连连摆手，忙说不用。他们接过烤好的月饼，用不太标准的普通话道谢。

我很喜欢不同地方的口音，水乡人的方言是轻软的细雨，让人想起黑瓦白墙下流动的水，大山中人的方言是火热的山歌，唱响山的恢宏与博大。我凑近去听当地人交谈，草原人的语言会让人不由得想起原野的狂风、奔驰的骏马、涌动的松林，单是听着就感觉自由和奔放。

五

回到酒店天已擦黑，小崔老师变出几个通红的孔明灯，领着我们到院子里放。我们用记号笔在灯上写下心愿，点燃放飞。只可惜天公不作美，没等它们升到半空，便被草原上的狂风吹得东倒西歪，蜡烛尽数熄灭。

他摆摆手说没事，还留了一手。接着凭空变出烤架，抬出全羊，在营地中间架起篝火，火苗忽地蹿起，比人还高。小崔老师为我们烤羊肉，我们围成一圈手拉着手，围着篝火跳舞。

他牵起我的手，我只觉得指尖似有电流激荡，传遍全身。我朝他笑，他侧脸看着我也在笑，一半脸被篝火映得通红，隐在黑暗里的眼睛闪闪发光，倒映着炙热的红色火苗。

那天晚上，在我的记忆里依然散发着悠悠光华，由热烈的他和热烈的篝火组成了最美好的画面。

六

后来，我们互加了联系方式，但只是对着手机，对屏幕那边的人展开遐想，期待见面。

也许这就是不能过早接触爱的原因，我们会为年少的爱恋困顿很久，那感觉就像在原野上漫步怎么也找不到出口。

直到相信再也见不到他的那一天，我也无法准确地说出他究竟是个怎么样的人。也许我只是折服于他的神秘感。

这种模糊的感觉持续到我记不清他的声音，他的脸。我为他创造了一个我爱的人格，然后不可救药地爱上他，我爱的也许不是他，只是我想象中的那个完美情人。神秘产生爱，延续爱，当我真的完全了解他后，我对是否还会爱他没有信心。

　　但是我依然感谢我们的相遇，感谢他带给我的那些美好的时光。生活仍在继续，我们都是被洪流裹挟着向前走的人，偶然跳出河流，相遇片刻，最终还是会挥手告别，再次回到流淌的水里，按部就班地生活。

　　我尽情地享受了那段时间，不为遗漏片刻美好而懊恼沮丧。我最终眼含泪光，和那段幸福时光挥手告别，我选择让过去成为过去。尽管这花了很长时间，但我并不后悔。我笑着和他相遇，也笑着和他道别。

4

到雨林里去

走吧,去雨林吧,
去聆听鸟儿翕动双翼的声音,
去感受双腿酸胀不属于自己的感觉,
去收获一段独属于你和这片雨林的奇幻之旅。

2019.1.27

天蒙蒙亮的时候，我们乘车从张店出发，前往天津，飞往昆明，转机前往西双版纳。到昆明机场时，棉袄已显得很不合时宜，我将小袄塞进随身的背包，长舒一口气，感觉轻了十斤。

满怀的期待总算没有落空。这片隅居南方的土地上没有发白的雪，没有枯槁的树，没有高楼林立。但它有沿马路延伸得无边无际的翠绿芭蕉，有一排排尖顶、木架、黑瓦的特色吊脚楼。路边是大大小小的泳池，一旁的霓虹灯将水映得更波光粼粼，闪烁着不同的色彩，湿热温暖的空气一下子充满鼻腔，送来温暖的夜的气息。

街上灯火通明，花花绿绿的三轮车依然满载旅客来回往返。不管是不是本地人，人们纷纷换上傣族服饰。男人穿色彩艳丽的粗布上衣和短裤，颇有傣族汉子的味道，女人着精美的筒裙和碎花抹胸，盘起发髻，簪一朵鸡蛋花，脖颈香肩毕露，曲线婀娜，让人移不开眼。

越靠近市区，喧哗声越大，好像在慢慢驶向一口沸腾的锅。灯光愈发强烈，水波反射的五彩缤纷几乎要将黑夜映衬成白昼，街边是摊贩，街上是信步的游客，饭店满座，甚至还有人在招揽生意。

  我低头看手机,已经十一点了,这里的夜生活却刚刚开始。若是换作我的家乡,此时街上早已空空如也,人们更喜欢邀三五好友到家里做客,享受暖气的温度,从天南聊到海北。我喜欢窝在家里待客聊天,也喜欢穿短袖上街闲逛。我身体里住着两个截然不同的人,一个喜欢大雪纷飞的北方,一个爱着四季如春的南方。但她们都来自同一个美丽的国度——中国,即使性格喜好被割裂开,但她们都同样地热烈地爱着她们的祖国。

1.28

一

去往曼掌村，一路都是盘山公路，郁郁葱葱，放眼望去全是翠绿的植物，不单单是树，那些看起来脆弱不堪，连茎都极细小的藤蔓也生命力旺盛，绿得惹眼。热带植物蔓延了整个世界，一瞬间，我们好像置身于热带雨林之中。这样的景色让我们惊叹不已，不时地拿出手机来拍照。

起初，我很执着于用手机记录下旅途中的每一道风景，觉得只有这样才能证明我来过这个地方。我留下了一些美好的回忆，但当我举着手机的时候，又错过了多少旅途中的风景呢？我不得而知。后来，我不再执拗于拍下所见的风景，而是尽量地让自己置身其中，看看街上走动的行人，感受这里微妙的变换，想象千百年前这里的样子。我惊奇地发现，我记下的东西比拍照留下的更多。以前我苦恼自己的记忆多是碎片式的，现在，我的思绪能贯穿于我走过的每一个地方，联系起它的前世今生。我渐渐明白，也许，花时间感受远比拍照来得更有意义。

我们学了几句傣语："骚哆哩"（美女），"猫哆哩"（帅哥）。其他的我没再注意听，毕竟"美女""帅哥"能行天下，怎么叫都不会出错。四年之后，我重返云南，导游向我们介绍少数民族的方言，问我们"骚哆哩"和"猫哆哩"是什么意思，我脱口而出："美女帅哥啰。"她惊奇地看向我："哇，你竟然知道，以前是不是来过云南？"我点点头。突然间，一片绿得像浓云一般的热带雨林如画卷一样在我眼前展开，云雾四散，山顶的那棵望天树，似乎正笑脸盈盈。

二

村寨不大，十来分钟就能绕着走一圈，早上雾气重，浓得化不开，村落的牌匾都模模糊糊，一下车就觉得裤子已经湿了大半。温度不高，凉意透骨，不像中午，热得连外套都穿不住。村口铺了一地的碎石和高高的杂草，如果此时再有一头牛信步走来，倒像王小波在书中写的那个浓雾弥漫的清晨。

村子里到处是疯长的热带植物，几间尖顶房藏在里面，换个方向才能看到精巧的黑瓦木楼，半遮半掩于花丛之中。女人们穿着各色的裙子在家门前支摊叫卖，操着一口云南味浓浓的普通话，面前是自家编织的香袋、竹篮。男人们或披或穿着外套，骑着摩托车，后座横放着几棵甘蔗或是一些木材、水果。这里没有城市的喧嚣，生活节奏很慢，人们脸上总是带着藏不住的笑意。

我们先去学造纸，方槽里有一层浅浅的水，估计早就被人筛过几遍，已经变得有些混浊。先放上方形筛子，再倒进黄色的、黏糊糊的纸浆，手在纸浆中来回拨弄，慢慢将纸浆打散，直到铺满整个筛面，不留一点空隙。

直到这一步，都与课本上所学的造纸方法别无二致，但云南毕竟是云南，最不缺的就是各式的花草植物，最不缺的就是无边无际、漫长得没有尽头的春天。

我们将一路走来采摘下的小花小草尽数放在纸上，铺平，摆成喜欢的图案，再将筛子从水中提起。凛冽的水顺着筛孔，顺着我们的手流下，纸浆从黄色变成了乳白色，花草因为覆盖上了一层薄薄的纸浆，鲜艳的颜色褪去了些许，少了些春天的张扬。做纸的屋内阴冷潮湿，小院里却春光正好，我们端着筛子，挑选一块心仪的风水宝地，将它放上去，等待阳光和温度的杰作。

虽然纸浆很多，我一路看过去，竟没有两张是完全相同的，即使所用材料别无二致，图案也很不一样。每个人的纸浆都独一无二，就像每个个体都各不相同一样。世界上没有两片相同的叶子，有的是不仔细观察而误将它们混为一谈的人。

三

云南的特色美食之一是孔雀宴，人们将芭蕉铺在竹子编成的竹篾上，芭蕉上五彩米、烤鸡、烤鱼等五花八门地摆了一圈，颜色搭配极为漂亮，中间还用各色萝卜刻了一只孔雀的雕像。

忙了一上午的我们看见这漂亮的孔雀宴，都忍不住流口水，迅速落座，提筷开吃。五彩米和平常米的味道没什么差别，只是添加了纯天然的植物色素，所以呈现出不同的颜色。小伙伴都被鲜亮的颜色吸引住了，菜还没怎么吃，米饭先没了。厨房阿姨一边给我们添上新米饭，一边口音浓重地招呼大家先吃菜。烤鸡盐味恰到好处，表皮焦香可口。鱼是那种马步鱼，薄薄的一小片，烤得表皮微微卷起，一口下去，鱼的鲜甜，炙烤的咸香，混合交织在口腔中。

四

此时正逢曼掌村拍摄真人秀，听说王源、贾乃亮等人也在村子里，同行的小姑娘们炸了锅："我要去看！""我要去要合影！"老师被缠得妥协了，吃过饭就带着她们浩浩荡荡地追星去了。不消半小时，几人垂头丧气地回来了，我们留守的几人问："见到真人没？"她们说只是远远地看了一眼，合影当然泡汤了，她们拿着拍到的明星背影的照片，倒也乐在其中。

下午我们走到一家小铺门口，问起真人秀节目，那里的阿姨一脸惊讶：原来是明星啊，怪不得那么多人围着拍！阿姨边说边掏出她的手机，向我们展示她拍摄的照片，还加微信发给了我们。那群小姑娘看着明星站一起挑选竹制品的照片，开心得合不拢嘴。

现如今，中国的影视业蒸蒸日上，这固然好，但是行业的发展也催生了许多新问题，比如演员片酬过高，待遇过高，甚至由于个人素质不足而带来的各类丑闻和花边新闻也层出不穷，这也间接导致了青少年价值观的扭曲，许多人对当演员、做明星、开直播趋之若鹜。

但是他们没有考虑到做公众人物意味着要将私生活摆在台面上，要面对水深火热的行业竞争。但这个行业已经接近饱和，根本不需要那么多明星，它需要的是肯踏踏实实从小角色做起的老实人，但大部分人都不想当这些所谓的老实人，许多人做着一夜爆火、一炮而红的黄粱美梦。

再说回来，明星所到之处，平静的生活都被打破，人们津津乐道偶遇明星的经历，凭借拍到的几张照片标榜自己的个人价值。村落也不再像村落，变成了依靠真人秀而生的附属品，它独特的文化、独特的建筑被忽视，造纸陶艺无人体验，粗布成衣店无人驻足，大家紧跟他们走过一个又一个长枪短炮般的摄像机，以在电视节目里露面为幸事，完全忽视了美丽的村落，明明这才是我们应该亲近的。

五

我们又绕到了一处僻静幽美的地方，木梁上吊着几盆植物，它们在陶罐里肆无忌惮地疯长着，低低地垂下来，如静止的绿色小瀑布一般，透露出一种自然野性的美。陶艺品放在墙上凿出的格子里，在绿色的瀑布中若隐若现。

我们每人发到一块黑色的陶土，几天相处下来，大家默契十足，对视一眼，争抢着去光线好又通风的转盘边落座，抢到的志得意满，没抢到的哭丧着脸，抱着陶土去里间。我蹿得快，坐在外侧，微风不时送来，吹得我发丝微颤，心里荡起一圈又一圈涟漪，又不至于打扰我专心致志地捏泥巴。

我先将陶泥摔打得没有褶皱，尽管这耗费了我许多时间，别人已开始塑形，我依然在摔打着陶土。我知道这步马虎不得，不管别人进展多快，我不为所动，专心于自己的泥巴。

我喜欢做手工，我觉得做陶艺的过程像在塑造自我。打好基础是一切的关键，基础打好了，想做什么形状都容易，它会随着你的想象，呈现出脑海中的形状。

这很像我，学东西很慢，网球、游泳、羽毛球，往往都是同期开始的小朋友比我学得快得多，但我一旦学会，那就是完全掌握了，不敢说一骑绝尘，但水平绝对不差。我爱我的慢性子，它给我慢慢走的机会，给我欣赏路上风景的时间。我不赶路，随心而行。

接下来，再沾些水涂抹在陶土上，把圆圆的木棍往里一戳，把手往里一放，一边塑形一边把器壁弄得薄些。这时，我的手没扶稳，把瓶口往里推了一些，我看着呼呼旋转的陶器，越看越像翻飞的裙摆，心一横，干脆将瓶口做成荷叶的样子，把花瓶肚子往外一拨，一个挺着肚子的荷叶小瓶便做好了。

因为摔打次数多，所以我的陶土很服帖，小瓶温温润润的，没有裂痕，也没有凹陷和凸起，在一众开裂的陶器中格外惹眼。老师一边拍照一边由衷地赞叹：全场最佳。我反倒觉得我旁边的一个弟弟更厉害，他一反常理，干脆不用转盘，也不摔泥巴，而是把陶土揪成一块一块的，然后随意地堆在一起，最后竟然成了一只威风凛凛的大象。

六

我们又马不停蹄地赶去甘蔗地，是的，没错，就是去榨甘蔗汁！甘蔗地靠近一片湖水，翠绿的甘蔗叶蹿到了两米高，密密麻麻地挨着，几株甘蔗就是一个整体。我们撸袖子挽裤脚，雄赳赳气昂昂地走进甘蔗地。我挑了棵个儿高的使劲往下一摁，伴随着茎断裂的清脆声，甘蔗应声而倒，但没断，我请一旁笑眯眯的奶奶帮忙砍断甘蔗茎，香甜的味道瞬间弥漫在空气中。我们胡乱擦着额头的汗，拖着甘蔗往外走。

我们一人拖着两三株，将它们运到一个古老笨重的工具旁准备榨汁。工具立在一棵巨大的榕树边，那棵树粗到我们几人合抱才能勉强将它拢进怀中。一旁的奶奶笑着告诉我们，这棵树在村子里长了几百年了，一直待在村子最中心的位置。我环顾四周，旁边有一个小广场，周围一圈是小摊，摊主叫卖水果的声音不绝于耳，确实颇有些曼掌村 CBD 的意思。

那个机器像一只上古巨兽，又高又大。出汁口和挤压的横木被甘蔗汁浸泡得呈现出黑色色泽，人握的地方是光亮的木色。它的两排齿轮紧密地咬合在一起。一个人站在中央，往里推甘蔗，两个人站在一旁，喊着号子一上一下地摁压，横木的倾斜角度恰好能避开站在中央的人，另一个人站在出汁口，拿着一个杯子接甘蔗汁。整个过程妙趣横生，操作机器的人不一会儿就大汗淋漓。其实村里人早已不用这个榨汁了，他们收割甘蔗，用小摩托载着，直接运往糖厂，从糖厂换糖回来用。

在这个下午，这台超大的"榨汁机"重新开始工作，呐喊声传遍了小小的村落，恍惚间我仿佛看到了数百年之前的人们，也如是劳作着，收获着。它挤出了甘蔗里每一滴甘甜的汁液，一棵甘蔗只能压出半杯甘蔗汁，但足够我们尝鲜了。黑汁水里透着一抹绿，看起来像女巫的魔法药水。小呷一口，植物的香甜瞬间传遍身体的每个细胞。

跑前跑后地玩了一下午，只喝甘蔗汁哪够，我们又去品尝了糍粑。两人守在一个石臼旁，一个人不停地翻动快成形的米团子，另一个卖力地捶打着。团子打好到我们嘴里时，还有热乎气。芭蕉叶上放上白糖或是红糖，把糯米做的团子在里面滚一圈，用叶子包住握在手里吃，真是一绝！我更喜欢红糖味的，里面有些姜，让糍粑的口感更丰富。也许是因为榨了一下午的甘蔗汁，对红糖确实有难以割舍的情感。

1.29

一

西双版纳气候太过潮湿，白天还好，晚上又阴又冷，床铺湿漉漉的，打开空调也无济于事。寒气顺着骨头缝隙往里钻，冷得人直打哆嗦。一个晚上睡下来，腰疼脖子疼，衣服都湿透了。

早餐是云南米线，煮好的米线放在一个大盆里，自己去盛，各式的小料和调味料用小碗盛着，摆了一桌。我看着新鲜，什么都想尝尝，米线放得不多，小料却加满了：酸豆角、酸笋、剁辣椒、香葱、香菜、木耳、肉丝。发酵的酸笋和酸豆角为米线带来了清爽的酸，带着不可避免的臭味，闻起来和螺蛳粉很像。但是一拌开，扑面而来的就是一股鲜香酸辣，臭味顿时无影无踪，让人垂涎三尺。

我们去学习傣族舞蹈，看着七八十岁的老奶奶还能轻盈地起舞，大家迫不及待地摆好姿势开始学。虽然认真学了半天，却依然如群魔乱舞。

这里的人起床晚，大概八点钟才陆续醒来，我们吃米线的时候，村子里还雾蒙蒙的，只能听见鸡叫声和鸟鸣声。等我们吃完饭去往下一地点时，街上才出现了村民打扫的身影。

有时我喜欢大城市，我爱林立的高楼，我爱在柏油马路上漫步，但有时，我又向往着能抛开一切，躲在这样一个几乎与外界隔绝的村落里，享受片刻田园诗般的生活，看到人们闲庭信步、说说笑笑，往往会勾起我血液里那种渴望自然的冲动。

二

饭后我们去学习制作贝叶经。古时候没有纸张，保留不住经文，人们就把棕榈叶蒸煮晒干，用尖锐的工具在上面刻上经文，再用汽油擦一下，凹下去的笔迹就显现出黑色，用布将表面的汽油擦掉，经文就能显露出来。

我们每人发到一张长条状的棕榈叶，一枚细钉子，掌握了要领后我们便开始刻了，刻完后找一个老爷爷帮我们刷上汽油，字就很明显了。"你这刻得好啊。"他笑着夸我，皱纹都堆起来，但那双眼睛却十分澄澈，他腿脚灵便，只是腰背有些佝偻，显出苍老之态。人都会老去，能在有限的岁月里与一门手艺相伴，未尝不是一种美好的生活。

下午，我们到小广场附近去画油纸伞。桌子上摆满了各种颜料，还有不同大小的刷子。我们每人分到一柄油纸伞，颜色都不一样。我的是绿色的，和周围绿树四合的环境很相称。

我本来是想画莲花的，结果起的样子不甚满意，改也没法改了，干脆蘸满黑色颜料，大刀阔斧地往上刷去。有人感到奇怪，问我要画什么，我顺口回答："毒液。"嘴比脑子快，我越看越像，不如将错就错。他们画的什么我已经记不清了，只记得我的毒液在一众温婉柔和的油纸伞里，龇牙咧嘴。

三

我们出去时，被突然袭来的水泼了一身，正火冒三丈，要找人理论时，了解到这段时间恰逢傣族的泼水节，被水泼到的人会幸运一整年，身上的水越多，来年就会越幸运。

我们的怒气转化为欢喜，谢过泼水的那人，他抹了把脸上的水朝我们笑笑，加入下一回合的混战。我们没有准备，空有一颗想泼水的心，却没有他们的小盆小桶。站着观望了一会儿，发现连水管都派上了用场。导游问我们想不想加入，我们看着被拖出来的水管，齐刷刷地摇头。

在曼掌村停留的最后一天，就这样落下了帷幕。村民来到村口送行，女人们穿上了重要场合才穿戴的纯银服饰，就像我们来的那天一样，载歌载舞，在他们高亢嘹亮的歌声里，我们一步三回头地登上了大巴。

我们来时，村子里都是清晨的雾气，我们走时，眼睛里弥漫起了一种名为不舍的雾气。我记忆里的那个小村子,永远雾气氤氲。

四

坐了一小时的车,到达一个服务区,这里杳无人迹,藏在群山的怀抱里,侣飞鸟而友树木,独享一片澄明的天空。

继续南下,我们到达了云南的最南端,坐落于中国与老挝交界区域的漂亮小镇——磨憨口岸。马路直达缅甸,那边没有房屋,是成片的绿树,好像一下子进入了原始森林。有几个老挝人在口岸徘徊,帮人兑换货币。他们前后都背着包,前面的背包敞口,漏出花花绿绿的异国货币,他们眼睛滴溜溜地上下打量着我们,用蹩脚的中文问我们要不要换点缅甸币,我们摇摇头赶紧离开。

1.30

一

走吧！走到热带雨林里吧！我们一早去了勐腊县的望天树景区。望天树，顾名思义，高大粗壮，直指云天。正是因为望天树，这片森林才没有被简单地归为森林，而是被赋予了一个响当当的名号——热带雨林。

我们先乘船渡过南腊河，来到位于北纬21°的西双版纳热带雨林。景区内有一条幽深美丽的小道，道旁生长着芭蕉棕榈和望天树，树叶遮天蔽日，挡住了刺眼的阳光，路边的小石头上还附着着苔藓蕨类植物，走在其中，静静地感受大自然的鸟语花香，一呼一吸间，便和树木建立了某种生命上的关联。

这几天看得多了，只觉得一路上没什么稀奇的，可是第一天到达西双版纳的我们，就连看到郁郁葱葱的棕榈都忍不住惊叫出声。而这里，因为有了望天树，变得与众不同。

我们这次见到的望天树普遍有四十至七十米高，最高的能达八十多米。如此之高，站在树下看，即便视力再好，也只能勉强看到树木交错掩映的地方，树顶的风光只能靠自己想象。

本以为今天要抬头走一天，谁知进入了开阔的广场，我们瞬间惊叹连连。 不远处的两棵大树的枝丫间有绳索，绳索连接着两棵树的腰部，绳索上面铺着紧密的铁板，由于重力作用向下凹陷，看上去摇摇欲坠，还没上去，腿肚子就打起颤来。

我深吸一口气，紧紧攥住身旁的两根粗麻绳，一步一软地往上走。 我们顺着铁台阶越走越高，站上了晃晃悠悠的空中走廊。 前面人稍微一晃，我们这里就会剧烈地抖动。 脚下是单薄的铁板，能感受到风吹过时的轻微摇晃，透过缝隙可以清晰地看到距离我们几十米的地面上的情形。 手上紧紧抓着绳子，抬头就是一丛一丛的绿色和蓝得耀眼的天空。 若是想治疗颈椎病，还可以仰起头来，看看伸出树顶的枝干和茂密的树叶。

二

吃过午饭，我们去了勐远景区，公路盘旋在山腰上，弯弯曲曲，颠簸的路程晃得一车人把昨天的晚饭都要颠出来，有两个人甚至直接吐了出来。 我们下车后大大地松了口气，大口地呼吸着新鲜空气。

一行人跟随导游进入了宝角牛洞。 云南是个充满野性和未知的地方，这里的神话传说大多也带有野性的神秘色彩。 相传，从前有个女人生下的一头牛统治了这片土地，但牛的残暴引起了人们的不满，神就派了两头大象将牛堵在洞里，傣王杀死了它。

溶洞内的地下河并非空无一物，相反，游鱼成群，它们以浮游植物为食，外界是成片的热带植物，植物的孢子落到洞里，经灯光照耀，长成植株，为鱼类提供了天然的饵料。游鱼摇曳生姿，成为西双版纳的奇观。溶洞群复杂广阔，没有导游的带领，很可能迷路。

洞顶的钟乳石不停地滴水，水珠下滑，在石壁上堆砌，长成各种动物或人的样子。人们发挥想象力，在一旁安装不同颜色的灯光，使之呈现出不同的颜色，表现不同的形象和情感。

我以前只知道西藏有堆叠玛尼石的传统，到这里才知道，云南人也如此。傣族人到溶洞里，根据家里人的数量，在地下河中挑选合适的石头摆到溶洞壁上凹凸的地方，为家人祈福。这里的摆放也相当有讲究，按照爸爸、妈妈、儿女的顺序，有多少人就摞多少块，而且万万不能碰倒别人摆放的祈祷石，否则就会折自己家人的福。

我们拐过一个洞穴，一处开阔的平地上，在地下河的周围，是密密麻麻的玛尼石堆。我小心翼翼地绕过堆得高高的石堆，在水边捡了三块石头，挑了一处玛尼石比较少的空地，小心地一块一块地摞上去：这块是爸爸，那块是妈妈，最上面是我。我的玛尼石局促地站在它们中间，与周围摞得高高的石堆形成鲜明的对比。我们家只有我们仨。就像杨绛说的一样：朴素、单纯，我们与世无求，与人无争，只求相聚在一起，相守在一起，各自做力所能及的事。

三

接下来是好多小男孩翘首以盼的活动：搭帐篷。勐远景区除了成片的原始森林，就是位于景区中心的这一大块草坪了，白色的尖顶帐篷如圣洁的神灵一般，亭亭玉立在这片土地上，庇护着住在帐篷里的人们。

我们来得有些晚了，只剩最后一步——打铆钉。不过我们倒也乐得开心，喜滋滋地做完了最后一步，拍照发给爸爸妈妈，让他们瞧瞧"我们搭的"帐篷。今晚，我们就要在草坪上的帐篷里，度过难忘的一夜。

帐篷外繁星点点，帐篷内阴风阵阵。裹在睡袋里，依然冻得手脚冰凉，隔热垫完全不起作用，只觉得地面的寒气穿针引线一般，直往背上刺。帐篷外是嗖嗖的大风，我们蜷缩在睡袋里，不敢翻身，生怕一个动作把好不容易积攒起来的热气放跑。

透过帐篷顶，隐约可以看到如魅影般摇曳的树。星辰的光芒渐渐隐退，只剩我们悄声说话的声音，随着风声飘散四野。

1.31

一

帐篷嗖嗖漏风，即使穿着衣服盖着厚被子，也冻得不行。早晨起来，我们裹着睡袋，直起腰来，看着对方"飞流直下三千尺"的鼻涕，笑得前仰后合。

千年榕树是勐远仙境最重要的景点，也是很多人来勐远必然要看的生命奇迹。被风吹来的榕树种子附着在一棵古树上，在阳光雨露的滋养下生根、发芽，伸出罪恶的藤蔓，缠绕、向上，与古树争夺养分，直至将古树吃干抹净，这就是绞杀榕。

我无法对绞杀榕做出太公道的评价，臭名昭著的植物界"杀手"也仅仅是为了生存，但想到缠绕的藤蔓下曾经鲜活的生命，再看这种强取豪夺换来的生命奇迹，我着实有些心理不适。

走了一公里，到达一棵绞杀榕下，主干早已被榨干营养，内里已近中空，绞杀榕还在不停地夺取里面的空间，外面交织如梭的根，扶摇直上，大约有九层楼那么高。

当地向导取出背包里的绳索、头盔，就那样赤手空拳地踩着藤蔓的间隙，敏捷地攀上了树梢，我们看得目瞪口呆。 电光火石之间，他又快速打了个结，将绳索垂下来。底下的向导会意，让我们排队到他那里穿戴安全绳。没错，我们要征服这个生命奇迹。

人类何尝不是这个星球上的"生命奇迹"呢？短短万年时间，人类就将足迹遍布全世界，乱砍滥伐、工业革命、过度捕捞，矿产几乎耗尽，树木不再成荫，往日蔚蓝的海水被泄漏的石油和核废水污染，地球已千疮百孔。我们也是"绞杀榕"。

可惜的是，我们只具有绞杀作用，不具备让生命再次繁荣的能力。绞杀榕吸收阳光雨露，在群山中傲然挺立，自由生长，我们却不能使化石燃料再生，只能省吃俭用，期盼新能源技术的开发。

我们系上安全带，戴好安全帽，扣好绳子，一个接一个地攀上去。小朋友们身材娇小，脚刚好可以卡在缝隙里，我得费更多的时间，寻找适合我踩的地方。顺着前人的脚印步步艰难，不如找我自己的路。

我挑了一些裸露在外的粗壮枝干，手脚不停地摸索，躲开湿滑的青苔，选好合适的角度，我像一个挑剔的采购者，挑挑拣拣，选着最心仪最趁手的藤蔓，踩实了，再找下一个。

我是最慢的，好在，也是最稳的。我几乎感觉不到安全绳拉我的力度，这棵树，我是自己攀上去的。

天气不算很热，但是不一会儿就汗流浃背。汗水顺着额角往下淌，我能感到汗如涓涓细流，顺着眼角，浸湿双眼。不断涌来的盐分使我很难睁开眼，我根本没空去擦汗，只能偏偏头蹭在肩膀上。越往上，手臂和腿越酸胀。快到顶了，我忽然有种奇怪的感觉，好像我的身体空白了，全身的骨骼、涌动的血液、紧绷的肌肉全都不复存在，只要一松手，我就会轻飘飘地向后倒去。我努力打起精神，直到酸痛感再次向我袭来。我不敢往下看，怕只一眼回望，就会使我好不容易集起的勇气消散。我只能往上看，看树梢处，叶子不多的地方，漏下点点阳光。那是我要去的地方。

攀上去的那一刻，我一下瘫坐在树枝上，终于放松下来，全身的骨头好像都被抽走了，我软软地靠在树干上。往下望，地面响起一片掌声，我摆摆手，抬头看着树梢处的风景，真美。

二

稍作休息后，我们继续往山里走，到了一处小河边，大家撒起了欢，撸起袖子，抄起渔网，下河捞鱼，还有人捡了一堆石头打水漂，剩下的人浩浩荡荡地去荡秋千。

一旁生起火，架上架子，鱼啊、鸡啊，串成串往上一放，一把香茅就足够香飘十里。捞鱼的也不捞了，打水漂的也不打了，荡秋千的也不荡了，全都围过来，搬着小马扎，眼巴巴地盯着炊烟升起的火堆看，看着上面的食材变成诱人的焦黄色，吱吱冒油。

全场最佳当数香甜可口的菠萝饭，黑米、糯米加上满满的菠萝肉，一端上桌，小朋友们就一哄而上，风卷残云般消灭掉了。

我们吃过饭，将马扎向后撤撤，抱起脑袋，眯起眼睛看山间景色：溪水潺潺，绿树环绕，阳光照得一切都金光闪闪。我们不急着去晒太阳，只闲散地欣赏周围的风光。

三

下午，我们徒步七公里穿越热带雨林。一路上，高大的绿色植物为我们遮挡阳光。树木的躯干形态各异，东倒西歪，有的横亘在路中间，有的罩在我们头顶上，有的倒在路边，被青苔占领。

说是路，其实杂草交叠，连土地都无法尽数露出。虽然没有太阳，但走着走着还是感觉灵魂和身体有些分离，简单来说，就是累。速干裤湿了干，干了湿，一旁茂盛的植物击掌似的划过我们的衣服。一开始，我们还会拨开挡路的植物，后来我们累得把自己当成一堵墙，即使面前有锯齿状的植物，也能面不改色地撞上去。越走到森林深处，路越难走，虫子也多,鸟叫也更清晰。如果停下来休息,我甚至能听到树木拔节生长的声音。在徒步结束前,我不敢贸然喝完水壶里的水,每次只抿一小口,越到后面,越觉得口干舌燥。

蕨类植物界的活化石——桫椤处处都是,长得比我们还高。我看着路旁的桫椤,恍惚间好像闯入了巨人国。我尽量将注意力分散开,去看路边奇妙的小生命,去听林间鸟儿清脆的鸣叫,不去理会酸痛的双腿。

就那么走啊,走啊,正当我肚子饿得咕咕叫、精疲力竭之时,终于见到了曙光——皮卡车。我们眼睛一亮,腿上忽然有了力量,我们欢呼雀跃着,飞奔过去。

有人抢到了副驾和后排,没抢到的就挤在露天车厢里,即使坐在车厢里,也咧嘴笑得开怀,毕竟可以休息一下了。大家累得一人枕一人,不一会儿就鼾声震天。我们在车厢里睡得横七竖八,颠簸的山路丝毫不影响我们的睡眠,下车时人人头发乱糟糟的,睡眼惺忪,双颊通红。

走吧,去雨林吧,去聆听鸟儿翕动羽翼的声音,去感受双腿酸胀不属于自己的感觉,去收获一段独属于你和这片雨林的奇幻之旅。

四

到达酒店时才六点钟,我快速洗了个澡,换下被汗浸湿的衣服，套上裙子。我们今晚要去逛西双版纳的夜市。看起来大家在车上都休整得不错，到大堂集合时，个个容光焕发，一扫之前的疲惫。

西双版纳天黑得晚，等我们慢慢走过去，天也黑得差不多了。夜市在一处下沉的广场里，广场周围是东南亚风格的佛塔，灯光亮起，灯带勾勒出洁白的佛塔，各摊位的灯光连成一片，比星光还要明亮，晃得人睁不开眼。

城市是倒过来的星空，灯光是点点星光，游走在小摊间，就像走在银河里。银河里没有牵牛织女星，有五彩的服饰，有香飘十里的水果，有令人胆寒的各色虫子，有烟火气的人生。

叫卖声不绝于耳，我们向着烟火飘起的地方走，去品尝特色小吃。三块钱一个的小菠萝整齐排列，吸引了不少飞虫。我们一人举着一抹鲜嫩的黄色，一口咬下去，汁水四溅，甜得鸡皮疙瘩掉一地。

蜜瓜、杧果、西瓜、柚子、菠萝蜜等被切成小块放在盒子里，我们随意挑选几样，摊主在纸盒里挤上酱油，我们想阻止时，她已经撒上去了一把辣椒。众人脸色均变，互相推脱着让别人先下口。我嘴馋胆大，挑了一块杧果塞进嘴里，杧果本身的甜味被咸辣最大程度地激发出来。我捂住纸盒："别吃了，别吃了，一点都不好吃。"听我这么说，他们饿狼扑食一般将纸盒里的水果瓜分干净。

我们还见到了蝎子、蜈蚣，还有很多其他虫子，我连名字都叫不上来，都被串成串，插在摊子的草垛上。摊子前一个烤架一把虫子，一堆调料被老板舞得虎虎生风。我挑了一只叫得出名字的虫子，老板对我一笑："吃不吃辣？""吃！"他笑着抓了一把，潇洒地洒在蜈蚣上，我看着被烤得卷起来的蜈蚣腿，生出了些退意。但当我拿到那只散发着焦香的蜈蚣时，口水还是不争气地从嘴角滑落下来。

2.1

一

今天是在西双版纳的最后一天,我们来到了野象谷,除了野象,这里还有很多其他漂亮的珍稀野生动植物。这里原来就是野象常来光顾的一个池塘,因为区域内有一百三十多头野生大象频繁出现,所以得名野象谷。

野象谷里有一条修建在丛林上方的栈道,听导游介绍,在亚洲象迁徙的季节,这里可以观察到野象的踪迹。我们瞬间为拥有与野象近距离接触的机会而激动得一蹦三尺高,站在栈道上,东看看,西瞧瞧,渴盼能发现在丛林里慢悠悠晃动的象群。

但是当我们走完栈道全程,直到进入园区,也没有看到一抹大象的身影。倒是密林丛生处,有时会莫名其妙地有几棵小树倒下,露出一条光裸得可以看到泥泞土地的路。导游说这是野象夜晚行走留下的痕迹。虽然没有直接看到大象,但能看到它们留下的踪迹就足以让我们感到兴奋。丛林里动物很多,走着走着就能听到头顶的树梢传来几声猴子的啼叫。单单这些就足以将氛围推向高潮。

园区里有很多场馆,我印象最深的是蝴蝶馆,此时正值西双版纳最冷的季节，蝴蝶要生活在温室里。一进入，就好像走进了春天，暖意融融，四处是低矮的草丛和芳香馥郁的花。起初我还在奇怪蝴蝶藏身何处，直到踏入那窄窄的石子路，一丛一丛的蝴蝶被惊起，从身旁腾跃而起，像不同颜色的花瓣，受微风吹拂，挣脱了物理规律，纷纷向上凋落一样。

二

  野象谷中动物很多，或大或小，形态各异，但十分和谐，构成了一个美丽的自然世界。后来有人问我要不要去看大象表演，他兴致勃勃地跟我介绍，这里有全国第一所大象驯养表演学校，一定不能错过。我想想无数被困住的野生动物，一种无力感袭上心头，我对他摇摇头："不去了，你自己去吧。"

  最终，我在野象谷里转来转去，偶然走到了一处饲喂大象的地方。饲养员很高兴地对我讲："小姑娘，要不要试着喂喂大象？"我看着眼睛明亮，尾巴正对着我来回摇晃的小象，心一下就软了下来。我买了一盒水果，有两根黄瓜、一根香蕉，看我捧着水果走过去，小象的眼睛里闪着光，比我那晚在帐篷外看见的星星还要亮上好几倍。

  它不用嘴巴直接叼走，而是先用鼻子将水果卷过去，好像怕伤到我的手一样。看着绿油油的黄瓜到了嘴边，它才慢条斯理地开始咀嚼，霎时，一股清香的黄瓜味在空气中蔓延开来。它吃完，朝我略鞠一躬，在我惊奇的目光中慢慢离去。

他们从表演的场馆走出来，脸上是抑制不住的兴奋。有人问我是否后悔。后悔？我才不后悔呢，我停停走走，反而转角遇到了大象，和它来了个亲密接触，我甚至能看清它皮肤的纹理和因贪玩而留下的泥垢，这是今天最让我高兴的一件事。

登上离开西双版纳的飞机时，我无比眷恋地回望这片旖旎的土地，当时的我根本想不到，我们的缘分还不止于此，我在帐篷外捡起的一块碎石，冥冥之中，指引我再次回到这里。几年后，我和几位挚友又踏上了这片土地，在这片隅居西南的省份——云南，书写着我们的故事。

5

成都，成都

我们今天就要去拜一拜都江堰的水，
问一问青城山的道。

2019.2.3

　　第一次萌生要去成都的念头是因为赵雷的一首《成都》，他抱着吉他轻轻吟唱的声音让我也对这座城市生出了无限柔情，所以我开玩笑地对爸爸妈妈说也想去成都的街头走一走。他们认真地考虑了一下，转身就买好了飞往成都的机票。我很喜欢爸爸妈妈的这一点，即使再天马行空的想法，他们也会认真地考虑，然后积极地落实。他们不是简单地把我当作小孩子，而是把我看作一个有自己的思想，并且可以主宰自己行动的成年人。我永远不觉得拘束，永远自由。我爱他们这一点。

　　我们仨到成都时已是凌晨。我们拖着行李箱在街头走着，四川比西双版纳冷，穿着棉衣的我们，不一会儿脚就冻麻了。跟着地图走了半天，最后在路边找到一家小旅店，好在很干净，暖黄色的灯映得床铺看起来也暖暖的。

　　我迫不及待地往上一趴，瞬间觉得好像一头扎进了一潭水中，冰冷刺骨。妈妈打了个寒战："屋里好像比外面还要冷。"说着，她打开空调，可是无济于事。第二天早上我的睡衣都潮乎乎的，水汽顺着发丝悄悄地溜进脑袋，一起床就好像灌了铅一样晕，爸爸妈妈也睡得腰酸背痛。

2.4

一

和爸妈一起旅行比我自己出去要自由很多,当然也开心很多,我们不用管别人如何,可以随心所欲地安排行程。

爸妈很放心,大手一挥让我安排第一天的行程。来了成都,怎么能不逛武侯祠和杜甫草堂呢?

早上我们坐车前往武侯祠,到时还没开始售票,但门口已经围了很多人。祠堂门头看起来古色古香,并不张扬,不过院落很深,越走越觉得有味道,倒与诸葛亮的性格很契合。

诸葛亮早年间隐逸田园,低调得只能在史书上留下"躬耕于南阳"几个字,但一出山,便光芒耀眼,空城计、火烧赤壁、草船借箭……每一战都可让他名垂青史。他用自己短暂的生命,一次又一次地创造着冷兵器时代的传奇,联合孙权,制衡曹操,三足鼎立的功绩足以让他享四时祭祀,万古流芳。

我起初以为武侯祠里只供奉着诸葛亮,走进去一看才发现,几进院落里,塑像林立,挽联多如牛毛,就是不见诸葛孔明。这座祠堂同时供着许多人,有文臣,有武将,走到深处,甚至连刘备的牌位都见到了,走得腿脚酸痛,看称颂功绩的挽联看得脖颈僵硬时,才见到了诸葛亮的祠堂。

为什么武侯祠中除了武侯诸葛,还有其他人? 后来我在一本书中找到了答案。 当时我借了同学的《把栏杆拍遍》一书,作者解释说是因为百姓对诸葛亮实在太过崇拜,导致蜀汉皇帝的祠堂都没人朝拜。 于是武侯祠被废除,百姓哭天抢地,甚至偷偷祭祀,掌权者没办法,只能将皇帝的牌位一并迁入武侯祠,保留武侯祠的名称,从此香火不断,扬名天下。 这也算是刘备蹭了一波诸葛亮的热度。

诸葛亮的塑像是清朝时重塑的,展现了一千多年前诸葛亮的风姿。"羽扇纶巾,谈笑间樯橹灰飞烟灭",这本是苏轼描写周瑜的词句,可我觉得用在诸葛亮身上更恰当。 他永远身披鹤氅,傲然而立,运筹于帷幄之中,决胜于千里之外。

塑像两侧各有一书童,一捧兵书,一执宝剑。 诸葛亮像两旁,是诸葛亮的儿子诸葛瞻、孙子诸葛尚的塑像。

从院落的侧门出去,一下子进入了红墙绿竹的园林,与殿内香火缭绕、庄严肃穆的情景大相径庭。 竹影投射在红墙上,在微风的拂动下略显斑驳,日光像破碎的金箔一样洒了一地,林间不时传来小鸟的啼叫声,麻雀不怕人,大大方方地落在人行道的石砖上,耐心地低着头啄东西吃。

出武侯祠,直通锦里,锦里之名源于蜀锦,锦里也是我们在诗文中熟知的"锦官城"。 比起抽象的蜀锦织造,大多数人似乎更喜欢去寻一些美食来宽慰自己。

蜀锦织造的屋宇下有一台织机和缠绕着的美丽的丝线,一名织工坐在凳上向往来游客展示着蜀锦的织造工艺。

聚在一起的丝线在微弱的日光下闪着光，绸缎从机器中一段一段如潮汐涌出，水一样地散发着光泽。蜀锦织好如何光彩夺目、轻薄合体，今天终于可以一探究竟。

围着看了一会儿，我们便被街边的小吃吸引了过去。有一种叫作"三大炮"的甜食，三里开外就能知道它在哪个方位，把糯米球投掷在黄豆粉里，发出的声响足以震飞在红墙外啄食的麻雀。还有"伤心凉粉"，也许是伤心，但多半是因为辣，从摊位前离开的顾客眼睛都红红的，像兔子一样。我们只远观，不凑近，怕被热情的四川嬢嬢诱惑着去"伤心"一把。糖油粑粑让我们大失所望，不脆也不软，口感很奇怪，入口只是甜，齁甜。不过甜水面非常好吃，用的是那种小指粗的面条，煮得刚刚断生，十分筋道，裹上又甜又辣的酱汁，让人"嘶哈嘶哈"地散热，筷子却舍不得放下。妈妈吃不了辣，最后那一小碗甜水面都便宜了我。

看看时间，已经一点多了，我们马不停蹄地坐公交车前往杜甫草堂。

二

杜甫一生如江上浮萍，随流水漂泊，那裏挟他的流水就是时代的巨浪,他无法挣脱,只能随波逐流。如果他这一生中有过什么歇脚的地方,我想大概就是四川这里的小小茅屋。

安史之乱时,唐玄宗仓皇南下,杜甫一路追随,来到成都。他一开始住在城西的寺庙中,后来受朋友的接济,在浣花溪边建了一座草房,叫作"浣花草堂",也就是今天的"杜甫草堂"。

草堂虽小,足以容身,可以将杜甫一家与乱世暂时隔绝开来,他历尽艰辛,总算有了片刻宁静。这段时期,他的诗词一改往日的凄风苦雨,词句间是曼舞的芦花,碧绿的荷叶,蜻蜓翩飞,水鸟浮沉。

草堂确实也如他诗中所写,即使是严冬时节,仍然翠竹成荫,绿水环绕,小屋被一圈栅栏围起来,轻扣柴扉,似乎杜甫下一刻就会笑着为你开门,在你面前诉说他如何为你的到来清扫花径,如何取旧醅歉意地招待远客。

房子已经用钢筋混凝土加固,牢牢地立住了,除了房顶上覆盖一层薄薄的茅草和草下的青瓦,再也见不到八月茅草纷飞的景象。

草堂空间并不大,杜甫的东西也不多,几只碗沿破损、露出陶坯的碗和一沓厚厚的诗文罢了。唯一名贵的东西是一只银簪,没有过多的装饰,很简单,主人并不需要它发挥什么撑门面的作用,只要它做好自己的本职工作即可。

今天是除夕,大家即便裹着棉衣戴着毛线帽,也依然要来瞻仰杜拾遗。他那摇摇欲坠的茅草屋如今已被重新修葺,成为万千杜甫追随者的朝圣地。如今平地起高楼,广厦千万间,天下依然有极寒冻馁之人,但辛勤劳作者都可有一衣蔽体,一屋保暖。他的理想实现了。在千年之后的土地上,依然有一群黑头发黄皮肤的人,还在讲当时的话,还在读那时的诗,还在瞻仰千年前的他,还在为他当时看起来天方夜谭的美好幻想而努力着。

他还活着,并非肉体的不死,而是精神的永存,他对同胞发自肺腑的关怀,对国家日月可鉴的忠心,至今仍洗涤着华夏子孙的心灵,滋养着万千中国人的精神。

三

徜徉完杜甫的一段人生,日头已经偏斜,到达宽窄巷子时,落霞染粉了半边天,太阳每下沉一点,冷意就深一点。我们的目标很明确——填饱肚子,回去看春晚。

宽窄巷子里虽然不挤,但是人也不少,摊贩少了很多,有些摊位是空的,街边挂着火红的灯笼,装点着过年的氛围。

我们到一家铁板豆腐摊跟前,让老板做一份豆腐,小声说着,都过年了,人怎么还这么多。老板耳朵很尖,他哈哈一笑:"你们不是本地人吧,平常人更多哩。"我们笑着接过豆腐,一口下去,先是酱汁咸辣的味道,再是嫩滑的口感,豆香在嘴里回甘,香味久久不散。

街边有很多采耳的地方,支个摊,放几把椅子,采耳的人零零星星,但都面容安静,很享受的样子。 有条件的摊子还会放盆炭火,烧个茶水,茶水咕噜咕噜地冒着泡,蒸汽氤氲着沿街的砖瓦。 年味很浓了。

街边的火锅店都排着长队,上前一问都要等一两个小时。我就带着爸爸妈妈七拐八拐,拐到一条偏僻安静的小巷子里,有家火锅店还亮着灯,人不算多,我们一进去就能落座。

菜单一上,我暗暗咋舌,怎么这么贵,一个锅底两百多,一盘肉七八十? 来都来了,不体验一下怎么行,早就听说过成都式微辣的我点了鸳鸯锅,并反复向店员强调,要微辣。

菜真的远超预期。 成都的贡菜我早有耳闻,百闻不如一尝。 贡菜的口感很奇妙,它好像脱离了菜的范畴,更像是有嚼劲的绿色面条,一碗下去让人直呼过瘾。

而且这里的蘸料并没有麻酱,最正宗的调料是一小罐香油加上一些蒜泥,即可以中和辣味,又能丰富口感。 自从在成都吃了几次火锅之后,我渐渐领略了香油碟独特的魅力,在家乡如果能遇到小罐香油的话,我一般会调一个香油碟专门蘸肉吃。 起初,他们都不理解:"全是油怎么会好吃?"我大方地献上我的蘸料:"来,你试试,就试一口。"基本上,被我忽悠尝一口的人都会不可自拔地爱上香油碟,我也算川菜推广大使了。

爸爸赞叹着贡菜的神奇，不停地往辣锅里夹菜，妈妈涮毛肚上了瘾，她守着中间拳头大小的清汤锅，涮各种菜品，涮了一晚上。如果我和爸爸不小心把辣汤甩到里面，她还要狠狠地剜我们一眼。妈妈真可爱。

酒店的电视屏幕很小，画质也不清晰，好在不算卡顿，我们一人一个被窝，说着话，吃着从路上捎回来的四川特产——粑粑柑，窝着看了一晚上的春晚。还是那么冷，我们大概都有些想家，但是谁都没说。

越长大我越不喜欢睡觉，夜也越熬越晚，但我从来没在大年三十，在十二点的钟声敲响时还清醒，也就从没看过春晚的倒计时和《难忘今宵》。

我们家对小孩子守岁没有什么要求，想守就守，想睡就睡。我知道我守不了的岁，爸爸妈妈会帮我守的，所以我总是睡得很安心，一觉到天明。

2.5

一

大年初一天一亮,我们就动身去峨眉山。 我在大巴车上困得头都快埋到裤裆里了,妈妈也是哈欠连天,爸爸却好像很兴奋,他觉得年初一上峨眉山是个好兆头。

到索道检票口时,我一摸,发现身份证不见了。 我翻遍了包也没找到,带着哭腔跟爸爸说我身份证好像丢了。 他接着就火了:"身份证怎么能丢呢,导游在车上不是说得很清楚吗? 没有身份证哪里都去不了,你是不是落车上了?"一连串带着怒火的问题像一颗颗子弹一样正中我的眉心,我根本躲闪不及。 他说得越多,我越慌乱。

一旁人很多,我能感受到他们侧目的视线,于是我更加忙乱地翻找,我好像变成了所有人中最蠢的一个。 我想找出来,回击他们怜悯的、看热闹的视线,让爸爸停止在大庭广众之下的训斥。 但我一无所获,他还在喋喋不休。

"你能别说了吗? 我不是在找了吗?"我能感觉到最后一个字尖得有些发颤,我当时真的快哭出来了。 外出这么多次,我知道身份证意味着什么,它是我的机票、车票,是我的房卡,是我的通行证,没了它我哪里都去不了,哪里都住不下。我何尝不知道它的重要性，但它就是没了，我急得像热锅上的蚂蚁，但依然于事无补。

妈妈很快接受了身份证丢失的事实，她先让爸爸停下，避免他说出更多伤人的话，让他给导游打电话，询问大巴车上是否有遗落的身份证。然后她转身揉揉我的脖子，轻声地安慰我："再找找，说不定在包里呢。"

我抬头对上她温柔似水的视线，又翻了一次包，找到了。原来在车上我拿到身份证之后，爸爸提醒说要好好保管，于是我不是如往常那样把它放在包前面那个经常放置身份证的侧兜，而是把它塞进了最里面的夹层。我当时真是委屈极了，但确实是我造成的，我不能怪爸爸，他也只是想让我更安全地保管好证件。

类似的事情在我的成长过程中不止一次发生，它有固定的施暴者和受害者，只是在不同的场景反复上演，但从未有人将这视为犯罪。

他每次都会跟我道歉，而我无一例外地会原谅他，但是狼来了的可信度逐次下降，我又怎么能像第一次一样，完完全全地信任他呢？后来他确实很少再这样了，但我也不那么相信他了。

我很爱他，非常爱，没有什么能动摇我对爸爸的爱，但是我确实不会相信他的脾气会变，永远不会。我很怕遗传他的脾气，所以当我情绪失控时，我更多的是对自己的愤怒，我愤怒自己管理不好情绪，我愤怒自己变成了另一个施暴者。

后来我找到了一个控制情绪的好办法——抄经。听起来很荒谬，但确实有用，安安静静地写几个字总比让情绪如漏气的气球一样乱飞要好得多。

我很感谢妈妈，她是我永远的防弹衣和镇静剂，也感谢爸爸，我在了解他的同时也在审视自己，我们都在努力不让情绪控制我们的思维。但是有一点我至今觉得自己没错，我从不在吵架中贬低对方。我知道什么能真正地伤害到别人，所以我努力规避，尽量就事论事，我不喜欢自己的伤口被揭开的感觉，别人肯定也不想。

二

山上的风景很好，就是气压较低。妈妈对爸爸在外面发火也十分不满，我不说话，全程低着头往上爬。上坡路是阳坡，山腰上还有些未融化的积雪，被太阳照得金灿灿的，就像冲破云霄的金顶碎片散落在山上。后来突然开始飞雪，太阳依然那么耀眼，我却觉得自己比窦娥还冤。

金顶很美，金光闪闪的，但我觉得自己像个黑洞，把佛普照的金光全吸进去了，依然站在黑暗里。

下山时走阴坡，石阶上覆盖着厚厚的冰，人来人往，冰面被打磨得比冰场的还光滑，我们在山脚买的鞋套终于派上了用场，但依然需要互相搀扶。

爸爸在后面小心地搀着妈妈，我回头仿佛看到了他们四十多年后的样子。我自诩不需要扶，在前面开路，一个不留神就朝后栽去，爸爸一把揪住我，接着紧紧地攥着我的手。他没说话，我却觉得很安心，回握回去。暂时的隔阂从来不是问题，有时只需一个温暖的动作，没准就戳中了心窝里的柔软，融化出一汪春水，温暖着冬天的坚冰。

我脚下没根，整天摔跤，平地摔，上台阶摔，我永远不知道明天和摔跤哪个先来，上小学时，裤子的膝盖处经常磨破。我不怕摔跤，因为我知道我会再站起来的，我还知道，我的裤子上随后一定会出现一个漂亮的补丁，有时是一朵小花，有时是一个我喜欢的卡通人物，妈妈的缝纫盒里总有一堆供她细细挑选的补丁。我还知道，只要我回头，就能牵到那只温暖的大手。

我们三个手拉手，把路都堵住了，但是后面的人也如我们一样，互相拉着手。下山的人群挤在冰道上，像一条黏稠的河缓缓流动着。

掌心传来略高于我体温的温度，我们仨并排走着，呼吸和脉搏在此刻同步了，我似乎能感受到爸爸妈妈的思绪，仅通过握在一起的手，就能产生某种程度上的交流。我知道爸爸很愧疚，我对他说"没关系"。

三

挑山工们是黏稠河流上方涌动的水滴，他们两人一乘轿子，一个游客半躺在轿子上，开心地拍照。挑山工的疲惫只在微微发红的脸颊上可窥见一二，他们不敢停下脚步，走得飞快，他们不戴防滑鞋套，穿的是钉头繁密的鞋子，能牢牢地扒在冰面上。

任何一个认真工作劳动的人都不该被可怜和同情，他们需要的是尊重。我不怜悯他们，我尊重他们。无论企业家还是挑山工，还是其他任何职业，都该得到同等的尊重。职业不分三六九等，但是人分，根据他们的敬业程度而划分，努力工作的人永远是最上等。

2.6

一

"拜水都江堰,问道青城山。"在四川流传着这样一句话,不难看出都江堰和青城山在四川人心目中的地位。我们今天就要去拜一拜都江堰的水,问一问青城山的道。

四川上空的云浓重得似乎怎么也拨不开,这几天尤其潮湿,天色阴沉沉的。站在都江堰的牌匾前,深黄色的云似乎要和墨绿色的群山一起向人压过来。

我们乘步梯上去,走一走岷江上空的索道。枯水时节,河水并不狂荡,收敛着性子缓缓地流,一块小小的石头就能将丝绸一样的水挡出皱褶。水没有脾气,一声不吭,依着石头的纹理流淌。石滩裸露得很多,越近河水,颜色越深,渐变的颜色是水留下的色彩,这是流水的翩翩步伐。

吊桥与江面离得实在太远,周围都是嘈杂的人声,我听不见流水的声音,只好抬头看前方的路,群山在召唤,我侧头,瞬间被美到失语。

此时群山似乎变成了掩面啜泣的美人,丛生的草木是它微蹙的黛眉,裸露的山石是它细长的脖颈,河滩的碎石是它项上最华美的珍珠,潺潺的流水像一根晶莹的丝线,串起了形状各异的珠宝。

　　山，在人的固有印象里似乎该高大巍峨，似乎该锐不可当，似乎该是力量的象征。四川的山大多不高，雄健粗壮不足，俊美秀丽有余，我觉得比起力拔山兮气盖世的男子，懒起画蛾眉的女子更符合此时它向我展现的形象。它永远优雅莞尔，永远轻声细语。它的召唤不是声嘶力竭的呐喊，而是软玉温香的呢喃。我顺着它的呼唤好奇地偏过头去，眼睛就再也舍不得离开了。

　　都江堰和灵渠、郑国渠并称秦代三大水利工程。它闻名遐迩的主体由鱼嘴、飞沙堰、宝瓶口构成，三者将岷江一级一级地分隔开，内江走水，外江走沙。内江连水渠，通向低洼的成都平原，从此水害频发的成都有了"天府之国"的美誉。内外江的绝妙设计既能避免灌溉水泥沙含量过高的问题，又能化解外江因为泥沙淤积而断流的困境，全世界绝对找不出第二个可与之媲美的水利工程。都江堰于两千多年前由李冰父子主持修建，工程完毕后至今不倒，无坝引水，冲淤平衡，单靠水和山就能实现自流灌溉，后来三国时期蜀汉的富足很大程度上也得益于都江堰。

　　我们下了桥，顺着河岸往下游走。都江堰的实体远不像俯瞰图上那么精巧别致，鱼嘴横在岷江中间，流水激荡，被阻挡得直直朝山崖上拍去。那夹杂着无数泥沙的洪流，撞上山之后就乖乖地消了火气，分成两股水，朝山的两侧流去，一侧奇迹般地静水流深，另一侧仍带着泥沙浩浩荡荡地奔涌向前。

水利伟大的地方不在于挪动了多少方土石，改变了多少顷地貌，而在于是否让百姓免受旱涝灾害困扰，是否让粮食稳定生产，让国有富利之时，让人有温饱之资。无疑，都江堰是伟大的，这种伟大空前绝后，是智慧和勇气的体现，值得无数后来者学习。

二

"问道青城山"的道有两种解释：一说是道路，顺着路走上去便是问道；一说是道家之路，问道解惑才是问道。我一个俗人，各地停停走走，吃吃喝喝，理想抱负不甚远大，也没什么耐心潜心修行，我只当爬山是锻炼身体，呼吸呼吸新鲜空气，不坏了人家的规矩就好。

青城山不似峨眉山那么萧条，没有光秃的枝丫，也没有突如其来的降雪，满山青翠，溪水蜿蜒，像一块温润的翡翠。

山不高，但爬到山顶还是微微出了汗，山顶有座庙，供奉着几尊像，其他的我不认识，但我很肯定中间的是老子。庙中间有一只大鼎，香火不断，烟柱徐徐上升，香灰积了厚厚的一层，买香祈愿的人不断。

我们转了一圈后就开始下山，下山的路很宽敞，周围是高大的乔木,丝毫没有凋落的迹象。 鸟鸣阵阵,迎面袭来的风卷走了身上的汗和一身的疲惫,虽然走起路来腿有点发软,但在这样的景色下,无论怎样都舒服。

路边有卖粑粑柑的小贩,山上的果子卖得并不便宜,但因为果冻一样清凉的口感,还是有不少人争相购买。 妈妈买了一大兜,我在前边跑,他俩就在后面扒橘子吃。 每剥出一瓣橘子,我就好像有心灵感应似的跑回去吃一口。 橘子细嫩的果粒被我咬破,酸甜的汁水迸溅,是那天下午留给我的最深刻的记忆。

每次我转身,或者停下等他们,都能看到他俩眉眼弯弯地看着我。 下山的人那么多,我总能一眼望到他们,就好像我的眼睛是一台可以自动对焦的相机,自动模糊了四周的一切,树木、人影、飞鸟,在我的眼中通通化为虚无,他们是我长镜头里最鲜明、最亘古不变的存在。

我多么希望,时间能够永远停留在那一刻,我跑上去,他们的笑脸在我眼中渐渐放大的那一刻。

如果人一年一年地老去不意味着开始了新的一年,而意味着拥有了新的一年,在过去年龄的基础上叠加了新的自己,那么我拥有很多个不一样的爸爸妈妈。 他们不会离我而去,只是在我的记忆上一层一层地叠加,时间不会抹去他们的身影,随着时间的流逝,他们在我脑海中的印象反而越来越坚实。

他们在我的记忆里永远不会老去,皱纹不会爬上妈妈的眼梢，白发不会布满爸爸的鬓边，他们永远如我小时候眼中的样子，那么年轻，那么意气风发。

三

其实这次旅行和以往有很大的不同，比如是和爸妈一起出来玩，比如是在外地过年。

爸爸妈妈工作很忙，我放假时一般是他们最忙的时候，他们放假时我马上就要去学校了。有时我会和他们开玩笑，说我们的关系已经超越了亲子，和室友差不多。他俩听了这话没什么反应，只是沉默，看上去有点愧疚。

但我从未有过怨言，这是他们第一次做父母，也是我第一次做孩子，我们家如此，那这一定就是标准答案。

我理所当然地把独处当作人生中非常重要的一部分，看书看电影，听雨听音乐，这些都能增长见识，让我养成了思考的习惯，在我以后的人生里给了我许多帮助。当时的我只是觉得好玩，可以打发时间，殊不知它们都在润物细无声地塑造着我。所以，要感谢我的爸爸妈妈，他们给了我自由生长的空间，让我可以尽情地接触阳光雨露，思索日月星辰。

我常庆幸自己走过了这么多地方，其实归根到底，我一直站在父母肩膀上看世界，我能走到如此多的地方，归根到底是站在父母的肩膀上看风景，他们辛苦打拼，他们不懈努力，堆叠起了我看世界所站的高台。

爸爸是个家庭观念很重的人，平常怎么和他开玩笑都不要紧，只是过年他一定要回家。不知道妈妈怎么劝说，他终于同意一起出来过年，然而最后哭爹喊娘要回去的却是妈妈。她觉得南方太阴冷，晚上睡觉寒气刺骨，让她腰酸背痛不止。

我和父母之后的摩擦在这场旅行里已经初现端倪。妈妈总会跟在我后面，突然给我来一巴掌，厉声让我不要驼背。大庭广众之下她给我来一下，我面子上肯定挂不住，我就跟她吵，这么一吵，好好的景就变味了。爸爸呢，他喜欢独自行动，经常把还在上个景点拍照的妈妈和我甩得老远，有时又停在某个有意思的摊贩前拔不动腿，以至于我和妈妈总是找不到他的人。我时常觉得妈妈十几年来好像在拉扯两个孩子长大，我都长大了，另一个还没有。

很长一段时间里，我总在审视，审视我们家的不足，然后把它放大，大到可以掩盖我们一起积累的幸福。后来我觉得我需要沉浸，沉浸在那些幸福的时间里，让它们作为我的原动力。

他们从不介意在我面前秀恩爱，爸爸在外人面前话很少，在妈妈面前却有说不完的话，我一直觉得爸爸是个话痨，直到妈妈和我说他只在她面前才这么多话。

爸爸每次给妈妈挑首饰总要拉上我去见证他们的幸福，我嘴上嫌弃，但其实很喜欢爸爸肆无忌惮爱妈妈的样子。

爸爸很会挑餐馆，我无辣不欢，妈妈一点辣也不沾，但是他总能协调我俩的口味，找到最棒的餐厅，让我俩都赞不绝口。

如果妈妈没有进军教育行业，我想她早就是远近闻名的大厨了，她做的饭实在太好吃了，我每天最期待的时刻就是早饭时间，欣赏她的巧手魔法一样变出美味佳肴，实在是一种享受。

人们总说食不言，但是每到吃饭的时候，我们仨总会敞开心扉，有时我给他们讲讲学校的八卦，有时他们跟我说说工作方面的事，听他们的见解是我了解外界的第一渠道，也是最重要的渠道，现在仍是，他们总会一句话点醒我这个"梦中人"。

他们总会无条件地站在我这边，我想做什么他们一定会支持，我搞砸了也不要紧，他们会耐心地等我再站起来。我可以有很多种可能，而无论哪种，他们都会无比骄傲自豪。我有他们，胜过千军万马。

托翁说："幸福的家庭都是相似的，不幸的家庭各有各的不幸。"那么我的家一定和万千幸福的家庭大同小异。

是什么时候我觉得他们老了呢？大概是有天傍晚，天刚擦黑，窗外的树沙沙作响，他们不开灯，两人中间隔了三尺暮色，电视上断断续续的人声变成了他们短暂沉默的休止符。

我问他们聊什么聊了那么长时间，他们说，在聊我小时候的事。那一刻我心里浓云密布，有道闷雷滚过。

我以前总觉得老人才喜欢聊过去。就像我的爷爷、奶奶、姥姥、姥爷，我一回家，他们就会不厌其烦地说起过去的事，即使已经讲过很多遍。他们生怕哪个重要的时刻被忘却，总是把它们挂在嘴边，靠不停重复生成肌肉记忆，让那些时光为他们停留。原来我的爸爸妈妈，也需要这样的停留了。

也许在以后我离家的时光里，这样的聊天会更多。那个带给他们无数欢乐的孩子离开了，横亘在他们面前的只有大把的时光，新的记忆很难再依赖我制造，他们只能回忆我们仨在一起的日子。

亲爱的爸爸妈妈，如果你们能看到这些，我想留下一个不靠谱的诺言：我们以后每周都通一次视频好吗？就在饭桌上，像以前一样，说说快乐的事，谈谈烦心的事。

我是一个不守承诺的小孩，我曾经偷偷许了诺，我以为我不会把青春期的叛逆带给你们，但是高三一年我们为此吵了无数次架。爸爸妈妈，对不起，但是我爱你们。

小时候爸爸问过我一个问题，我回答了。我已经记不清具体对话内容了，他还记得，总是一遍又一遍地说起。"家是什么？""爸爸妈妈在的地方就是家。"我现在肯定说不出这样的话了，但是放到现在，这句话绝对还是我唯一的答案。

这次还有很不同的一点，是后记。我这次先写了后记，而且没刹住车，写了很多。以往的篇章，我总是把后记放在最后写，而且简明扼要，不讲废话。我总觉得要回忆完一整段旅行，才能提炼出最好的文字。但是这次我忽然发现，只要是爸爸妈妈在的地方，我总能写出最好的文字。所以，为什么不把后记放在前面写呢？

6

山城的夏天

我们匆匆而来,又匆匆离去,
就像我们突然来到这人世间,
品尝酸甜苦辣喜怒哀乐,
纵使有万般不舍和眷恋,也不得不离开。

2019.8.20

一

为何着迷于重庆,我也说不上来,只是当时看到这个名字,就觉得很美。重庆,重庆,两重的庆贺,两重的欢喜。那里肯定也像它的名字一样,是个安庆的好地方。记得有人这样问我:"如果能选择出生地,你会选择哪里?"我想了想,说道:"山城吧,我永远热爱山城的夏天。"

凌晨两点集合,爸妈出差,姨妈自然而然担负起了送我去集合的任务,她带着我一路风驰电掣。夏夜的风不算凉,我摇下车窗,把手伸出窗外。

路上几乎没有车辆、行人,不用担心被碰到或者碰到别人,我将自己全身心地投入这片刻宁静,将分别的话语融入温暖的夜风中,希望它带着我的气息,短暂地停留在我生活的小城。路灯昏黄,绿色的梧桐叶在光下一丛一丛的,错落有致,上层的叶片闪着金绿色的光,像瓢虫的背脊。

赶往济南机场的路上,司机在加油站旁停下车,此时大概凌晨三四点钟,晚风中有些凉意。我揉着惺忪的睡眼,裹上牛仔外套,下车清醒一下。天已经微微亮了,起码不像刚才那么黑,是深蓝色的,周围没什么建筑物,有的只是一丛丛的荒草。 冷风吹过,草木摇动,发出欸欸的声响,旷野岑寂。

在车灯的照耀下勉强可以看清同行伙伴的面部轮廓。 我一个也不认识,未免对未来的几天充满了忐忑。"你吃吗?"一个脸有些圆的小姑娘举着薯片笑着问我,我有些感激地点点头,接过薯片:"谢谢。"她又轻轻对我一笑。

我很喜欢坐飞机的感觉,那种遨游在云层之上、俯瞰大地苍茫的感觉十分独特,坐在窗边,看着太阳慢慢升起,照亮云层,看着飞机缓缓盘旋在城市上空。 这是我头一次这么认真地观察着陆过程,以前总是直起直下,周围是空旷的荒地,这次却群山环绕,早早地就能看到绿意掩映中高大的城市群,大概是平原狭小的原因,要不停地调整着陆角度,才能勉强落在短小的起降跑道上。

一出航站楼,闷热潮湿的空气扑面而来,不一会儿就感觉背上已经微微沁出汗水,我们拖着行李箱,不敢走太快,生怕汗水彻底将我们淹没。

出站口有一座天桥,天桥下密密麻麻的黄色出租车慢吞吞地前进,长长的车流不知绵延到什么地方去,像黏稠的黄色河流,动起来极有视觉冲击力。

我示意旁边的她一起观看这特有的景致,她看看我指的方向,不由得张大了嘴。 后来重庆在网络上一夜爆红,我点进去看,第一张是夜空下明亮的洪崖洞,第二张就是这长长的车流。 我笑笑,心道,我早已经看过了。

高中时我选了地理，人文地理总是与城市面貌、乡村风情分不开，做题时我的思绪总是不由得飘到千里之外的远方，想着我去过的地方，想着那里独特的建筑，于是手边的题也变得不再那么枯燥，反而"于我心有戚戚焉"，因为我切身实地地看过那些风景，到过那些远方。

当时的我绝对想象不到，这个巴掌大小的地方会在我身上留下这么深的印记，以后人问我想去哪个城市定居时，我会毫不犹豫地道出山城重庆的名字。

我总觉得不仅我对这座城市有感情，它对我也有感情。"巴山夜雨涨秋池"，高中地理耳熟能详的知识点，在我待在这里的几天却从没有出现过，总是明媚晴朗的好天气。学这个知识点的时候，我总忍不住将它与我记忆里晴朗的山城比较，才发现它对我的柔情。

二

一个重庆本地妹子在机场门口迎接我们，带我们初识山城。明明下了好几层电梯，抬头看，却依然站在4楼，导游向我们解释："在重庆，1楼是1楼，4楼是1楼，即使22楼也还是1楼。"我们听后爆发出一阵大笑，问她：重庆人是否会在故乡迷路？她回答说，恐怕只有重庆司机才敢保证方向正确。

剩下的时间，我总忍不住看向窗外。立交桥环绕着我们的大巴，周围是茂盛的棕榈，长得肆意。驶入市区，我们又身处擎天大厦之间，玻璃大片大片闪着光，晃得人睁不开眼。这里少有低矮的楼层，土地在这里是最宝贵的资源。

重庆人不肯放过身边每个可利用之处，阳台上总是飞舞着花花绿绿的衣服和开得姹紫嫣红的花，几乎每家每户都是如此。像钢筋水泥铸就的钢铁巨兽贸然闯入一片绮丽的原始森林，收敛性子，安静地伏在山谷里，任花朵将它包围。

我们这次住的，是那种很狭小的青年旅舍，小姑娘们一间房，小男孩们一间房，很有意思。七个人挤在十几平方米的房间，好在空调、落地窗一应俱全，窗外就是江景，晚上格外迷人，可以越过江面眺望洪崖洞，洪崖洞灯光彻夜通明，要拉上窗帘隔绝灯光才能入睡。

我们安置好行李，走路去吃饭。我如同进入大观园的刘姥姥，觉得四周一切都很新鲜，不住地张望。看看脚边漂亮的井盖，抬头看看老城区阳台垂下的绿植，还要注意脚下蜿蜒崎岖的台阶。它们实在太多太长了，每当我觉得走上了一处平地，导游姐姐总会狡黠地看我们一眼，再将我们领到下一处台阶前。

一路上我走得饶有趣味，感受着重庆的街井市民生活，街边的老奶奶、老爷爷坐在小板凳上摇着蒲扇乘凉，有些艳羡地看着我们，像在回忆自己年少时的模样。我和身边的伙伴谈天说地，仿佛不是刚刚认识，而是久别重逢的老友，正在交谈各自的新生活。

我已经忘了饭店的名字，只记得里面古香古色，吊顶是木制的，微微泛着油光，桌子、凳子是厚实的榆木，延续着重庆的一贯风格，紧紧凑凑地排列着。

重庆人吃辣果然名不虚传，每道菜都要来那么几个辣椒添色增香，唯有南瓜汤能逃过辣椒的"荼毒"。这时我还想不到，后来我会疯狂地爱上吃辣。这也算重庆给我留下的印记。它把我的口味调和到与当地人同频，像在不断地呼唤我回去，再回去。

三

午休后正是太阳最毒的时候，我们走在前往解放碑的路上，我们要横穿整座城市去老山城步道，再去解放碑品尝当地小吃。

一路上飞机的轰鸣声随处可闻，抬头就是机翼呼啸而过，那么大，那么真切。一开始我们很惊奇，会不时抬头看，后来也就习惯了，而本地人已经见怪不怪了，在街上开心地畅聊，似乎根本没意识到飞机正在不高的地方盘旋。

南方的街道与北方的也大不相同，步行街上随处可见葱茏的树，重庆真正地将城市和生态融合了。

老山城步道隐藏在马路边上的墙里，绕过树丛才是青苔遍布的古道，绿意四合，美极了。我们穿梭其中，不一会儿就爬到了山顶，这里能饱览重庆的风光，高楼密密麻麻，树木点缀其间，热风阵阵。

我们匆匆而来，又匆匆离去，就像我们突然来到这人世间，品尝酸甜苦辣喜怒哀乐，纵使有万般不舍和眷恋，也不得不离开。

解放碑前美女、帅哥真让人眼花缭乱，大家恣意地展示着姣好的面容、凹凸的身材。有时我会暗想，如此清凉的衣服我是否有勇气穿上街，但大家熟视无睹，会投去赞叹的目光，或者干脆上前搭讪，热情夸赞。或许这是属于大城市的开放包容，你可以尽情盛放，毫无拘束。

重庆的酸辣粉我实在尝不出什么区别，都一样好吃，一样酸辣爽口。但红糖冰粉真是一绝。与我们的冰粉不同，他们以玫瑰红糖浆为底，加上果干、果脯，将小碗堆得小山一样，一口下去，清甜可口，一扫烈日下暴走的疲惫。

吃饱喝足又去了洪崖洞，我们在前街上看，身后是涌动的江水，离得太远所以没有什么声响。身前是来往的车流，再往前就是背靠山体的中式建筑群，灯火牌坊点亮了黑色的砖瓦，闪着橙色的光芒。江边大厦LED屏上广告在不停地滚动，偶有"爱心，重庆"的字样显示。

躺在床上，习惯性地打开微信，三万步，位居榜首，揉着酸痛的脚，我哭笑不得。

8.21

一

我们一早步行到了轻轨站，里程票面很好看，是五彩的高楼和憨态可掬的熊猫。轻轨很有特色，冷气开得十足，速度快颜值高，窗外时不时闪过几幢高楼。它载着我们穿路穿山还穿楼，一会儿天光大亮，能看到漂亮的江段和轻轨下青葱的树，一会儿又乌漆墨黑，我们在车厢里朝对方嘿嘿傻笑。

今天我们的目的地是动物园，川渝地区令人期待的除了熊猫和美食，还能有什么呢？熊猫区域位于园区最中心，也是最大的，两只肉乎乎的熊猫在巨大的假山上摇着胖胖的身躯在洞口打转，后来其中一只干脆一屁股坐在地上向游客卖萌，打滚，撒娇，踱步，惹得人们发出一阵又一阵欢呼。

我急忙掏出手机拍下这可爱的一幕，发给了远在山东的爸爸妈妈，并配文：真不敢相信当年蚩尤是骑着它去打黄帝的。

重庆地势的崎岖，在园内体现得淋漓尽致，为了给动物提供最舒适最贴合野外的环境，不免要委屈游客爬上爬下。一会儿是45度角的艰难爬坡，一会又急转直下，几乎要刹不住车。

河马在泥坑里快乐地翻滚着，身体壮实，一身腱子肉，只有尾巴看上去肉乎乎的。梅花鹿没被关在围栏里面，它们成群结队，车来了不看车，人来了也不看人，只顾甩着尾巴吃草。它们明明低下了脖颈，我却觉得它们没有低头，像脱离尘世的翩翩君子，没有傲气但有傲骨。白虎趴在水坑里泡澡，在一片竹林里慵懒地看着我们，旁边一只鸟来了也全然不予理会，我擦着额边的汗，瞬间有些羡慕它。我们还去看了猴子、鸟儿、爬行类动物……所幸没有动物表演，我长舒一口气。

一路走来，看到了很多动物，更多的不是开心而是心痛，我看到它们的眼睛里已经全然没有对自然的渴望，对自由的追求，它们被囿于这一方小小的天地，在人类的悉心照料下进食、交配，了此余生。

这好像是我们所羡慕的生活，好像也不是。我对未来的期盼很高，我希望每一天都是崭新的，每一天都要有不同的变化，是这些细微的变化让我觉得每一天都不可替代。

一模一样的生活谁都可以过，且过得无欲无求而快乐无比。真正了不起的是生活的挑战者。他们大胆尝试不同的人生，即使四处碰壁、头破血流，也要把自己的生命活得充实、不凡。

我热爱动物，但我不想变成它们。我想我爱的大概是它们闪闪发光的眼睛，闪烁出的兽性光芒，我忽然觉得人的眼睛里也要有点兽性的光芒。自由，不妥协，不卑不亢，这是我对自己的期待。

二

我们又乘轻轨去了磁器口。午饭就在磁器口旁的一家小店解决,在重庆几天的经历告诉我:越小的门头口味越好。这家店也是如此,日头很毒,店门口没人招揽生意,要不是导游带领,我们根本不会注意这个小门脸。

上菜速度也很慢,落座之后大家累得相顾无言,都低头玩手机,玩到脖子僵硬,眼睛酸涩,毛血旺才端上桌。

毛血旺分量实在太足了,整整一盆,鸭血、毛肚、鹌鹑蛋码得整整齐齐,中间是一把香菜,火红的干辣椒段被热油淋过,仍在刺啦刺啦地发出声响,香辣的味道瞬间占领了我们所在的房间。

我们扔下手机,拿起筷子开吃。我对动物的血不太感冒,连吃羊杂也很少碰里面的血块,但是毛血旺里面的鸭血实在太好吃了,咸香可口,嫩滑弹牙。吃了一块,目光就忍不住瞄向盆里,寻找下一块。毛肚有两种,一棕一白,轻弹爽滑,又不至于煮得太老咬不动,老板很舍得放料,我们几个人吃,每人还都能吃上一小碗。

吃到最后,大家热得一脑门的汗,嘴肿得像香肠,还是忍不住夹了一筷又一筷。最下面一层是黄豆芽，泡在红汤里的时间很长，吸饱了毛血旺的精华，一口下去，汤水一下子迸发出来，满口咸香。

不过磁器口这个地方商业化太严重，好像其他很多地方的复制版。龟苓膏什么的倒还说得过去，不过什么地方做，大概都是这个味道吧。

8.22

一

终于吃到了大名鼎鼎的重庆小面,门头依然很小,小到店里没有可以坐下来的地方,人们似乎也不愿在闷热的夏日守着滚开水的锅吃饭。

于是每个小店的门前,总会出现这样奇怪又好笑的现象:一人占两个塑料凳子,一个放面,一个坐人。路过时,只听到稀里哗啦吞面条的声音,被辣到后呼气的声音,单这声音便能勾起我对重庆辣椒的回忆,让我止不住地分泌唾液。

老爷爷一手下面,一手烫空心菜,还要不停地招呼我:"小妹儿吃什么哇?""我要二两小面!"我学着周围人的样子点单,一边为奇怪的计量单位感到惊奇。"好嘞!"我一边伸手去探筷子,一边回忆那声地方口音浓重的"小妹儿",越回味越觉得喜欢。

我去过西北,他们的方言似乎掺着大漠的风沙,含混不清;我也到过江南,他们的方言细细软软,缺了点味道。偏偏是这口重庆话,让人听得懂,感受得到温度,让我无可救药地沦陷其中。

小面真的好香,拌开之后根根分明,裹满酱汁的面条,送入口中，香辣味道一下占满了口腔，一直蔓延到胃里，火辣辣地烧着。我流下眼泪，擤擤鼻涕，还是忍不住一口接一口地往肚里送，可惜分量实在太足了，最终还是剩了小半碗。

二

重庆还有雾都之称，我们坐长江索道横渡长江时，有幸从上空领略了雾都的魅力。车厢里闷热，人又多，好在景色美得很。江面上雾蒙蒙的，楼的下端隐匿在雾霭里，上端藏匿在云层中，只剩中段若隐若现，好似一座鬼城。

我看到了离旅舍最近的大桥，它上方行车下方是轻轨，但看不清楚运行时的样子。举目四望，只觉得人类实在太渺小，一根绳索就能将我们从江这边渡到江那边，一座摩天高楼是我们身高的几十倍，可这些都出自人类之手，由此可见人类的伟大。在耳机里歌曲的推进下，敬畏的战栗从脚底蔓延至头顶。

三

中午是地道的火锅。导游介绍，因为重庆临江，古代航运比较发达，也就有很多干体力活的雇工，这些雇工收入微薄，没钱买肉买白面馍馍，就低价购入富人吃剩的动物内脏，如猪肚、牛肠之类的肉食，放进锅里混在一起乱炖，又因重庆气候湿热，要常吃辣椒祛湿，所以锅里又多了辣椒，慢慢演变，就成了今天的美食——火锅。

  导游亲手教我们调了一碗重庆油碟：香油打底，蒜泥为辅，佐以蚝油和豌豆脆，除此之外，再无其他。她说每个人吃法不同，能吃辣的话还可以加点小米辣，我们听罢纷纷摆手，"不"声四起。我觉得颜色寡淡，顺手往里加了一些香菜，瞬间感觉油碟被点亮了。

  锅底的牛油真是我见过最大的了，煮开之后，红彤彤的锅底上漂着亮晶晶的油花，看得人直流口水。可能是为了迁就外地人的口味，中间象征性地放了一个清汤锅底，面积不到红油锅的十分之一。如果一个川渝人肯为你吃清汤锅，那就珍惜他吧。

  我将牛肉片涮下去，捞起来在碗里裹满香油，一瞬间，肉的咸，汤的辣，油的香，在嘴里融合翻涌，汇聚成一曲浓郁的交响乐。味蕾狂舞着欢迎美食的到来，汗腺疯狂分泌，我们的嘴肿成香肠，却舍不得放下手中的筷子。

四

  经过三四个小时的车程，我们到了武隆。酣眠过后，睁眼就是满山的绿，绿得狂放，绿得不羁，绿得纯粹。除了绿色，几乎看不到其他颜色。牧民赶着羊上山吃草，远远看去只觉得是一串洁白的棉花。这里海拔高了些，没有市区那么热，温度很适宜。我迫不及待地下车，一股夹杂着青草味道的凉风飒飒吹来，掀得我裙摆翻飞，发丝狂舞。我张开双臂，只觉得万物自由。

这里完全不同于重庆市里的喧嚣燥热，也许是对山城本来风貌最原始的保存，也给那些如我一样的寻根者一个乌托邦，告诉我们，在市区令人惊诧、令人压抑的钢铁森林之外，还有这样一个好地方。

8.23

一

我们一早就到了天坑寨子,门口是身穿白褂毛衫、头上系着白头巾的牧民,他们四五人站成一列,有人敲锣,有人打鼓,还有两人齐吹唢呐,憋得脸通红。我只听了几段便实在无心欣赏,注意力全在被唢呐声拉扯得有些疼痛的耳膜上。我强忍住捂耳朵的冲动,曲罢还是和大家一起开心地鼓掌,虽然听不懂,但要尊重别人的劳动。

进入寨子,向上走了几段山路便能隐约看到心形天坑。导游边走边给我们介绍:"这里石灰岩广布,流水溶蚀现象显著,原本这里深埋在地下,溶着溶着,地面就越来越薄——坍塌了,后来风雨滋润,长出植物,就成了现在天坑的样子。这可不是被什么陨石砸出来的坑。"

站在坑体旁的观景台上,茂盛的绿树与光秃秃的绝壁中点缀着几幢木制吊脚楼,这里主要生活着土家族和苗族,民族文化在这里交汇融合,碰撞出不一样的火花。

我们继续向前走,不一会儿便到了一个露天看台。一位精神矍铄的老人从后面的吊脚楼中缓缓地走出,简单又激情澎湃的开场白瞬间点燃了气氛,接着又有两男两女信步走出,男子敲锣擂鼓，女子穿着民族服饰拿着扇子跳舞。老人向我们解释，这是祝大家发财的歌，我们听不懂，但跟着节奏不停地喝彩欢呼。

姑娘放下扇子，在老人的介绍下拿起琴拉了一曲《赛马》，耳熟能详的音乐瞬间将气氛推到高潮。一个小伙子身披宽大袍服，捏红纸祈福，另一个人耍刀相和，演出以他们高亢的歌声结束。

吃完饭后我们坐到一排吊脚楼前。在蓝天白云绿树的映衬下，那姑娘看上去更加赏心悦目。她戴一蓑笠，穿的依旧是缀着银饰的繁复的民族衣服，她抬手招几个姑娘来喂客人喝酒：姑娘们站成一排，左边站直，中间弯腰，右边微蹲，颇有"高山流水"之势。

她们都拿着竹壶，捧着瓷碗，手腕一抬，乳白色的液体便如瀑布般从一个流向另一个，最后汇聚到最右边姑娘手中的小碗里。客人坐在碗前，倒多少，就要喝多少。米酒香甜，又不醉人，我们垂涎三尺，都想试试，最后我们猜拳决定谁出去喝。一轮一轮决出胜负，最后派出代表。

胜出的代表抬头挺胸，昂首阔步，像只得意的小鸭子踱着步子出列，在我们艳羡的目光中喝完了那碗酒。我们凑上去问味道怎么样，他卖了个关子，佯装回味，半天后开口道："香，实在是太香了。"说完就遭到了我们的围殴。

二

短暂休息后我们正式走入天坑寨子的天坑，梯田在低矮平坦的山麓地带层层叠叠，水潭镶嵌其中，蚊虫乱飞，蝉鸣阵阵。

最后我们走到了泥潭。泥潭很小，连半个足球场都没有，泥水浮在表面，偶尔蹦出几只小青蛙。导游在旅程开始前让我们拿了一套不穿的旧衣服，我这时才恍然大悟，原来是要让我们进行一场泥潭球赛。

几天相处下来，我们既能在青旅玩扑克，能在大巴上呼呼大睡，也能在山间一路高歌，默契十足。我们黑白配迅速分了两组，换完衣服后就像鸭子下水般迫不及待跳入了泥潭。里面不深，浅的地方到小腿肚，深的地方也不过腰。我们在泥潭里挣扎了几分钟，朝对方甩甩泥巴，再揩掉对面扔向我们的泥，身上几乎裹满了污泥。

熟悉完地形，比赛的号角就算吹响了。我们队率先抢到浮在泥水上的球，干净的球被我们一扑，瞬间变得和泥潭一个颜色，我们嬉笑着，抱着球就跑（要是按足球比赛规则用脚踢球的话，我们可能得先上个凌波微步培训班）。

我使劲甩动胳膊，希望能快一点去侧面接应队友扔来的球，甩着泥点的球在我身侧划过一个优美的弧线，落到了泥上，我飞身一拦，整个人倒进泥里。

陷入泥潭的感觉很奇妙，起初只觉得被什么凉凉的东西包裹住了，然后泥水慢慢渗入衣服，泥巴掺进头发里，感觉身上像绑了无数个小沙袋，似有千斤重。不过我还是成功地截到了球，但是腿怎么也拔不出来。这时对手舞动双臂，努力带动两条深陷泥潭的腿，过来轻而易举地抢走了我护在怀里的球。我瘫坐在泥里，徒劳地朝他的背影挥舞拳头。

等我好不容易重回赛场，比赛已经进入了白热化阶段，只见大家都变成了小泥人，阳光投射下来，头上的泥干了，结成一些颜色较浅的泥块，衣服泡在泥里，行动都很不方便了。

现在考验的不是谁的动作有多快，而是排兵布阵，要是站位讲究，光靠传球就能耍得对手团团转。很不幸，我们是被戏耍的一方，只能靠不断甩动双臂带动大腿，变换着位置，慢慢和球缩短距离。结果可想而知，我们输得彻彻底底。

整整一个下午，天坑上方一直回荡着我们的欢笑。我们聚在一起，我们的心聚在一起，我们为了同一个目标而奋斗，甚至不惜为此做出"跳泥潭"的牺牲，这就足够了。

在喷头下冲洗泥巴时，我们还在热火朝天地讨论，什么时候应该把球传给谁，什么时候应该抱着球往前跑。我们几个"事后诸葛亮"喋喋不休地争论着，直到走出山里，登上大巴，看见舒适的座位，才感觉困意和疲惫袭来。

8.24

一

　　上午在天生三桥徒步，景色美不胜收。栈道嵌在石壁里，脚下就是静水潭，身侧是陡峭的悬崖峭壁，我们行在崖底。

　　水面看不出波澜，但水底暗流涌动，用"潭中鱼可百许头，皆若空游无所依"来形容再合适不过，远看湖蓝一片，近看清明澄澈。路旁的山是被溶蚀的巨石，被风雨冲刷出不同的形态，我看着形态各异的岩石，脑海中迸发出无数个想象，这个像什么，那个又像什么，它是如何而来，未来又会走向什么样的结局，我无边际地思考着。

　　草木从石缝中喷薄而出，昭告从下而过的游客：我也痛痛快快、热热闹闹地生了一回。我抬头看，草木蔓发，竟然奇怪地有些热泪盈眶，我永远为自然的生命力而动容。

　　石壁上难以储水，却有狂风吹拂，我无法想象它这一季的美丽需要多少个日夜的扎根，多少次不懈地汲取养分。无论花草树木，要想长得蓬勃健硕，唯一的途径便是向下扎根。我们亦如是。旅行是扎根，它帮我们了解世界；读书是扎根，它帮我们探索内心，追寻本我。

二

我们沿着石阶走入十字天坑,周围的峭壁上长着不知多少花草树木,绿油油的,一丛又一丛。 坑底也是最原原本本的风景,几乎没有人类干扰,除了一座古朴的四合院——原木色建筑,半隐半现地坐落在坑底的树丛里,漂亮又大气。 这里是《满城尽带黄金甲》的取景地,也是《变形金刚4》的取景地,擎天柱打斗的名场面背景就在这里。

我虽然没看过这两部电影,但是到过电影的取景地,似乎我与那影片或多或少地有了一种特别的联系,我在备忘录里写下电影的名字,想回去再好好品味,却总是忘记。 直到整理稿件时才想起来,可惜我已经没有当时那么强烈的观影欲望了。

三

人的记忆有保质期,感情也有,但是我对重庆的热爱却抵过岁月的漫长,一直延续至今。

返程路上经过副食店,我又扫荡了几罐香油,几盒火锅底料。神奇的是，在重庆我觉得辣得不得了的火锅，回家再吃竟然觉得没有那么辣了，潜移默化中，吃辣能力见长，就像前面所说，我的口味似乎和重庆同频了。

重庆，一个山环水绕的城市，它在我的记忆里没有严冬和寒秋，它永远炎热美丽，永远停留在那个盛夏。

毕业时，大家商量毕业旅行去哪里，我毫不犹豫，又投了重庆一票。有同学知道我之前去过，疑惑不解地问为什么还要再去一遍，我笑着跟他们说，好地方不怕二刷。

其实我有自己的私心，我想和共同度过了三年时光的朋友们，再回到那个让我魂牵梦萦的地方，再踢一场球赛，再吃一次火锅，让重庆为我们的高中画上一个句号，同时开启一个新的章节。

湖泊是河流的句号，原野是山脉的句号，死亡是生命的句号。我们的青春，能不能没有句号呢？它该如奔流不息的河流，昼夜不停。

7

冬日海滨

我在那个冬天种下了一颗种子,
一颗名为厦大的种子,悉心地浇水,
希望它在某个盛夏开出繁花。

2020.1.18

一

海边似乎天然地属于夏天，热浪沙滩，听起来就让人欢欣激动，但有时脑海里又会浮现出对冬日海滨的无尽畅想，冬天的海，是什么样子的呢？

又是熟悉的半夜三更，我们要去赶最早的飞机，落地泉州。怎么到达机场的，我已经忘了。冬天不比夏天，夏天天气燥热，内心躁动，一起床就激动得睡不着觉，冬天起床了又好像没完全醒来，醒了还能再睡会儿。我努力环顾四周，一切只是徒劳，最后眼皮打架，实在撑不住，只管靠在座位上大睡特睡，不一会儿就到了机场。

福建不冷，虽然没有夏天那么暖和，但这里好歹有低纬度和临海的双倍加持。我单穿卫衣，风起时再加一件薄外套，就如在深秋般舒适。树都没有落叶，深绿色的一片，望去就心情甚佳。

第一顿饭着实惊到我了，早就听说南方口味淡，没想到竟淡到这种地步，用我的话来说就是"淡出鸟来了"。吃惯了风味十足的鲁菜、麻辣鲜香的川菜，我早就尝不出食材原本的味道。福建，也许是想让我的味蕾来一场"寻根之旅"。

落座后先上了两盆汤，一荤一素，都清澈见底。荤的里面是一些海产品，少得可怜，有些腥，也没什么油花。大家都饥肠辘辘，去争抢海鲜汤里的海鲜，不一会儿，除漂浮的一两片惨淡的紫菜，说明它还是一盆汤之外，看起来和一盆白水无异。

素的不用捞，就像白水，寡淡地漂着一两块豆腐，几乎没有盐味，豆腐本身的豆味很重。炒的青菜像刚从地里拔出来一般，还带着一股土味，依然延续"淡出鸟来"的味道。玉米粒竟然是咸的，我本期待甜丝丝的味道能给我的嘴稍许慰藉，结果大失所望。一盘深色的炸物像极了糍粑，我以为是甜食，结果咸味出人意料地在嘴里散开。这顿饭，吃得真可谓"惊喜满满"。

二

饭后我们去了泉州海外交通博物馆。这里是海上枢纽，是整个福建最繁华的地方——泉州。来来往往的贸易运输让这里成为富庶之地，亭台楼阁，道路商铺，衣食住行，无不彰显着古时的繁华景象。古时泉州商贾用金银做砖铺地，树上挂金银箔片，内里雕镂金银鸟。不为别的，就为风起时箔片相碰，金银鸟肚子里灌进去的风能吹动哨子，响起哨声，以便听音欣赏。

佛教是这里的主要教派,跟随商船传进泉州。人们在佛教中发现人生真义,纷纷追随。一时间,繁华的泉州处处是佛寺,家家有佛像。博物馆展出了许多精美的石雕佛像,以及许多极具研究价值的梵文佛经。

我浏览着,想象着当时狂热的佛教潮,却觉得不寒而栗。佛教也好,基督教也罢,它们的本质究竟是什么?是让人们忘却痛苦,立地成佛;是让人们不信今生,将希望寄托于来世;是让人们不信自己,只信神佛;是让人们失去自己的判断,甘心将主导权交给统治者。

我总算明白,为什么佛教作为外来宗教,历史上却受到统治者的推崇。他们自身并不信教,若信了教,今生一切皆为虚妄,逐鹿天下、执掌大权还有何意义。他们要自己的臣民信教,臣民信了教,便可由他们随意支配,说一不二,臣民甘愿受苛捐杂税的压迫,对来生的救赎深信不疑,他们接受阶级分化,相信自己的软弱妥协会换来来生的幸福。

我只觉得教义可悲可叹。倘若一个人连自己都不信,他还能信什么,做什么呢?有时我欣赏信徒们的矢志不渝,有时我又庆幸于自己不像他们那般执着。

三

冬日的海滨的确和夏天时的很不相同，没有热烈的暖阳照耀的沙滩失去了夺目的金光，低头就能看见各色的砂砾。海边有些凉，天很阴，阳光破不开浓云，只得偃旗息鼓，冷风吹走了我刚才狂热的思绪，吹得棕榈树婆娑摇曳，吹得浪拍在沙滩边的礁石上，激起一片水花。海看起来并不像夏天时那样，如水晶般透明澄澈，即使在浅滩，我也觉得海水浑浊得深不见底。

沙滩上小孩子不少，提着小桶，拿着铲子，专心致志地挖着什么。风渐渐大了，我们调动运动神经，拿着各式风筝，迎风狂跑，费尽九牛二虎之力，才让它们晃晃悠悠地挂在天上。

我一边放线一边扯线，好不容易才让风筝稳住，却一个不小心，和旁边的风筝缠绕在一起。我们没勇气像《追风筝的人》里写的那样，来一场激烈的风筝大赛，我们都还想拉着风筝，再在沙滩上跑跑，我们不停地变换站位，绳线也随着我们的走位解开，但解开后风筝便慢悠悠落进了海里。

我们没有放弃，第一只没成功，那就试试第二只。我们拖着湿透的风筝走到老师那里："能再给我们一个吗？""可以。"我们拿着风筝在海滩上等了很久，跑了很久，还是没等来刚才那么好的风，拿在手里的第二只风筝最终也没飞上天。

看来放风筝只有一次机会，好在，人生有无限可能。

四

晚上我们去了沙坡尾。我看着琳琅满目的小吃，心想终于能敞开肚皮吃了。海鲜沙茶面中放的海鲜比中午那盆汤里的都多，甚至卧了三只虾，沙茶面最出彩的就是那一勺沙茶酱，汤底都是那种又香又辣又鲜美的味道，我差点把汤也喝掉。蚵仔煎的海蛎不算大，但个个饱满多汁，肉质肥美，令人欲罢不能。

摸着圆滚滚的肚子继续走时，我们还看见了酱油冰激凌，本着"来都来了"的想法，我们决定尝一尝，但是又有点怂，最终我和一个朋友共享了一支冰激凌。冰激凌看上去并没有什么不一样，是棕色的，闻起来也是一股奶香味。和想象中咸不拉几的味道不同，酱油的味道只持续了很短的时间，它会回甜，冰激凌入口奶味十足，但又不太甜，刚刚好。真是太好吃了！

1.19

一

早上，我们先到了厦门的惠和石文化园，了解一个地方最好的方法就是逛博物馆。

我们先游览了石文化历史长廊。有一盘龙被雕琢在走廊尽头的照壁上，用玻璃仔细地罩住，人们不由自主地看向动态的龙，只一眼便被气势滔天的盘龙震慑心魂。从震撼中回神，再细细看去，龙的须、角、爪都浮动在墙壁上，凌厉的眼神直勾勾地盯着来往的人，清晰的鳞片下好像隐藏着蓄势的肌肉和奔涌的血液。浮雕投下的阴影并没有破坏整幅作品，反而增添了一份肃穆和沉稳。正如人不可能永远生活在光明里，痛苦的经历才真正塑造一个人。我们在黑暗中挣扎成长，在一瞬间醒悟，然后破土而出，如龙一样，在云霄之上长啸。

卧佛菩萨的眉眼间都是慈悲，一如人们对神的想象。但佛真是这样的吗？我不信佛没有私欲，不然佛为什么能成佛，他不在红尘中爱恨嗔痴，要看破一切，超然出尘？

没人能解答我心中的疑虑，是以，就让我在人世间沉浮吧，望群山，览河川，一樽酒，一卷书，自得其乐。我心中的净地不一定有佛，只要有我无法割舍并热烈爱着的一切，就是我心中的圣地。

慢悠悠转了一圈后我们到了影雕馆，每人领到一块乌黑的石板，很小，巴掌大。上面已经有了图案，一个劳作的女人，她神色安然，等待我们进一步雕琢。

我把左手食指包在毛巾里，一来防止一凿子砸下去血肉模糊，二来方便调整凿子的位置，右手拿着工具一点点挪动，在石头上琢磨。力度很难控制，重了就是白白的一个点，一点也不美观；轻了就是轻飘飘的一片灰，如烟如雾。我不喜欢虚无缥缈的灰，也不喜欢是非分明的白，哪有非黑即白的人，哪有固定不变的事，我要复杂可爱的人，我要自由变化的事。

旁边的人慢慢走净，跑去上色，我依旧慢悠悠地凿，雕琢我不黑不白的石板。我大概是最慢的，等我打开颜料盒上色时，别人都刷完底色了，我把几种颜色一混合，只管随意泼墨，女人的裙裾五彩斑斓，反而有种别具一格的美。

二

中午是自助餐，餐厅坐落于临海公路旁，隐匿在棕榈树中，占地面积很大。餐厅更像个水族馆，中间和周围全是蓝色，如果你肯将眼睛从琳琅满目的海鲜上移开片刻，那么你还有机会看到隔着玻璃游弋的鱼群。我想，这大概也算是冬日的海滨吧，只不过我们在水下，并没有吹拂到海边冷冽的风。

对于糕点主食，我们视若无睹，牡蛎螃蟹，我们争先恐后。在这里，海鲜应有尽有，我们这边挑挑，那边看看，一个盘子恨不能用出八个盘子的价值。我对鱼蟹不感冒，盯准了肥美的牡蛎和巴掌大小的虾，一中午的时间，面前的牡蛎壳堆成了小山。厦门真不愧是海滨城市，牡蛎又大又甜，这个季节，在山东绝对找不到这么好吃的海蛎子。

三

厦门给我的第一印象是树多，尤其是那些花色艳丽、颜值又高的树。时值冬天，马上快到最冷的时候了，这里依然郁郁葱葱。如果夏天来，头顶大概会绿云扰扰，若漫步到三角梅下，抬头大概是绯红的花海。

与外面相比，厦门大学校园里一点也不逊色，特别是那些绿树成荫的小路。走到宿舍旁，路边全是青苔，抬头看不见天空，行人的身上都蒙着一层淡淡的绿影，盘曲上升的路边是一个碧绿如翡翠的湖，三五学生在湖边散步，我们身边不时经过几个骑自行车的人，行色不匆匆，反而有种奇妙的秩序感。

我们每人发了一枚徽章，上有"自强不息"四个大字，是厦大校训的前半句。我摩挲着那四个烫金小字，不愿撒手，看了很久才把它小心地收进小盒里。我不愿它只是一个纪念品，我想有一天，可以自豪地把它戴在我的胸前，告诉周围的人，我来自厦大。

我在那个冬天种下了一颗种子，一颗名为厦大的种子，悉心地浇水，希望它在某个盛夏开出繁花。

我们换上学士服，站在篮球场前的石阶上，前面是在球场上奔跑的人，后面是岿然不动的图书馆。我们顺次站在石阶上拍照，风从我们身旁吹过，衣摆猎猎翻飞，学士帽上的金穗也随风摇摆。

最后一张大合照，我们在风中抛起帽子，任由它们随风舞动，我们比着"耶"，大叫着跳起来，相机定格住这一幕，我们笑得开怀，笑得畅意，笑得好像考入厦大如探囊取物一般易如反掌。

升入高中后才发现事实远非如此，题目又多又难，我们把要考的六科形象地比作六条狗，每天的日常就是被狗追赶。

不仅后有追兵，前面还有围堵。初中时凭借小聪明就能取得不错的成绩，高中则会发现智力确实是一道天堑，我们这些普通人被学霸甩开十条街，只能付出十倍、百倍的努力来追赶。不过我们谁都没有放弃，累了就打打球跑跑步，觉得前途渺茫时就痛痛快快地哭一场，然后眼含泪光继续前行。

高考之前我对身边的朋友说我绝对不会怀念高三，但是等真正高考完,再回想那一段时光,却有许多不舍,我无法忘怀和朋友相互鼓励、一起努力的日子,会和他们笑着细数往日的快乐。努力过就好,无论结果如何,我们都笑着接受。

厦大也许是我们未来人生的经停站,也许我们的人生这趟列车根本不会在厦大停留,但这年凛冬,我们幸运地与它碰面,以后想起,还可以开心地感叹:哦,那是我的理想大学!

四

芙蓉隧道就是大型的涂鸦艺术展厅,门口很不起眼,周围的绿树几乎要盖过这大名鼎鼎的隧道。但是主角就是主角,光芒无法被掩盖。不停有人从黑压压的隧道里进进出出,对隧道里各色的涂鸦开心地发表着评论。隧道好像在绿树掩映中向我们挺起胸膛,豪气干云。

进入隧道,凉风阵阵,比外面还冷。一开始是一段黑色的路,稍远处有一盏一盏的灯,灯隔得不远,几步路就是一幅完整的涂鸦。

一盏灯照亮一片区域,色彩夸张的涂鸦在光下向我们展示着独一份的色彩,有些涂鸦已经老旧不堪了,但绘图人的用心在斑驳的色彩中可见一斑,新的涂鸦一层层地覆盖上去,越发美丽绚烂。

在别的地方，涂鸦被覆盖总会引起先前创作者的不快，但在这里我却感觉一层层的涂鸦有点文化传承的意思，别人的覆盖比起冒犯，更像是一种希望这个地方越来越多彩的希冀。

创作者无论是否来自厦大，都一定热烈地爱着这个地方，所以才会有在隧道里留下一幅作品的念头，他们都想让这份爱随着喷头中五彩的颜料，永远地留在校园里。

1.20

一

天气舒适，只穿一条牛仔裤在山里跑刚刚好。经过三个多小时的车程，我们到土楼时正好是饭点，客家人的饭菜终于有了辣味，我嘴巴塞得满满当当，头都快扎到辣椒炒肉里了。

土楼建在山间，地势很高，我们往里走，一直是上坡路。然后忽地就走进了一处山间洼地，平坦开阔，土楼彼此依偎，卧在山间。

我们走在两幢土楼间的石板路上，抬头望，只见土楼的檐几乎要互吻，中间只留一条窄窄的缝隙，透进一抹艳阳，蓝色的天闪耀异常。

福建这支客家人是从北方南迁来的，崇山峻岭，交通不便，野兽成群，他们就用熟糯米做黏合剂，将砖石一层层地垒起，堆叠成坚固耐用的土楼，既可以抵御外敌，又能防御野兽。

导游自豪地向我们介绍：一幢独立的土楼就像一座微型城池，守军可以在楼上射击、投石，他们将土楼建得又高又陡，外壁光滑，无处落脚，沿着外壁攀缘而上的概率微乎其微。想要攻下土楼几乎是不可能的，除非楼内粮食耗尽，水源断绝。

土楼规模很大，可以用巍峨来形容，站在土楼的牌匾下，抬头仰望五六层楼高的巨大建筑，会让你不由自主地生出一种肃穆感。土楼形状不一，有方形的，也有圆形的，圆形的居多，寄托了客家人祈求团圆的愿望。毕竟，他们的血脉中仍激荡着黄河的回响，他们的根还在北方。

土楼三层起建，底下两层没有窗户，以备防御之用。地基大概有半米高，不用土筑，防水效果很好。地基建得低，与土楼外的路有一圈沟渠相隔，沟渠很深，不是很宽，但在古代，防御山贼、土匪已绰绰有余。

踏进门就感到一阵凉风扑面而来，极为凉爽。屋檐投下的阴影笼罩着我们，土楼凭一己之力，彻底把烈日挡在墙外。环顾四周，是一圈木质结构，有点像被展开又环绕起来的四合院。

每一层，每一间，甚至每一扇门后就是一个独立的家庭，大家共同生活在这个楼里，共饮一井水，同食一桌饭。

土楼中间有几口水井，整个土楼中不设厕所，厕所全部安置在土楼外几步距离内，我们好奇地问这么设计的原因，导游说土楼中的水都是饮用水，厕所会污染水源。

最宏伟的莫过于设置几进院落的土楼，开凿水井的空地上，房屋鳞次栉比，不同的路和房屋以一种奇妙的方式一层层地排列，形成了八卦的图样。间隔处、进门处都很细心地栽培了绿色植物,虽然光线并不充足,但依然长势喜人。据导游介绍,最中间是学堂,老辈人很看重育人,小孩子都聚在那里启蒙学习。

我们出去找了一处树荫,将一大块好几米长的布展开铺在地上,远处是大朵大朵的云,近处是规整的土楼,我们静静地躺在群青之中,唯有风不止息,不停地将画布掀起,不停地掠过我们的耳畔,留下簌簌声响。

我们每人占领布的一方,取出颜料挥毫泼墨。不一会儿,画布上就布满各式的涂鸦,满是我们天马行空的奇思妙想。

画画的过程是枯燥的,但从中能找到久违的平静和乐趣。拿笔蘸满颜料,笔尖将吸入的颜料尽数吐在画布上,世界的样子就在笔尖下,由你决定。即使双脚麻木,手腕酸痛,但看见自己的作品被喜欢的那一刻,感觉一切都是值得的。

二

福建茶多,红美人茶香浓郁;金线莲一口回甘,有养肝的功效,特别适合做凉茶。纠结之下我选了金线莲。接下来的几天,每天早上我都往杯子里加一撮,用入口发涩的水泡着,金线莲清爽温润的味道能中和并不好喝的硬水,入口甜丝丝的，越喝越喜欢，一天能比之前多喝几杯水。

三

晚上我们返回市区，去了厦门的网红小吃街——中山路。厦门是座不夜城，夜晚四处都被灯光点亮，比白天还要明亮几分。

中山路格外美，到处是明黄色的光芒。沿街是白色的西式小楼，在高楼大厦中格格不入，好像一个穿着旗袍的娇娆美人猛然闯入了时尚前卫的派对，但她并没有惶然局促，反而凭借自己独有的魅力，在踏入会场的一瞬间就吸引了所有的注意力，她的明艳大方、她的一颦一笑让人无法忽略，一呼一吸都扣人心弦，牵动着人们的思绪。我们大气都不敢出，怕惊扰了这个温润明媚的美人，好像稍有差错她就会嗔怪着离开一样。

黄则和的蛋花花生汤特别绝，蛋花打得很散，如丝如缕漂在浓稠清亮的汤水上，丝毫尝不出蛋花的腥味，花生也软烂香甜，让我这个一贯不爱喝蛋花汤的人喝完了一整碗。要不是朋友提醒我留肚子吃点别的，我肯定毫不犹豫地去排第二碗的队。

作为一个如假包换的北方人，我曾以为甜粽是天下粽子唯一的存在形式,但既然都有美味的甜口蛋花汤了,我也不介意来一个咸粽继续颠覆我的认知。

  咸粽子是酱油色的,和烧卖的色泽很像,一口咬下去,满口是肉本身的油香,每口的馅料都足得很,海米增加了糯米的口感,吃着吃着还有厚实的肉块接踵而至,甚至最后几口还要给我放个大招。一口咬下去,咸蛋黄油如潮水一般席卷了口腔,沙沙的口感直接将我传送到几公里开外的海滩,好像光脚走在温暖的沙滩上一样。我吃完后,一边感慨着减肥大计的再度泡汤,一边又回味着咸粽子的美味,真是和甜粽不相上下。

1.21

一

天气晴朗，周围的一切都像玻璃似的闪着光，去往鼓浪屿的游轮上，我们坐在船尾，外面波光粼粼地亮着，我们哪里坐得住，都跑到甲板上去看明媚的海湾。太阳光打在海面上，拨不开海水深处哀愁般的深蓝色，却能点亮表面粼粼的碧波。

就这样闻着汽油味，看着卷起的波涛，我们一路漂到了鼓浪屿。这个小岛美得让人惊叹，一路都是树啊草的，严冬时节，这里竟然还有竞相开放的三角梅，五光十色的，和琉璃似的波光流转。

有一段路，海鸥就在海滨上下翻飞，像白色的龙卷风。柔和的风翻动着衣衫，阳光贴近鬓边，轻柔地亲吻我们的发丝，大家的身上都沾染了阳光的味道。

沙滩上人很多，到处都是挥舞着小铲子的小娃娃，他们的父母在不远处慈爱地注视着他们的一举一动。天格外蓝，蓝得没有一丝杂质，椰子树笔直地挺立着，走到树下抬头，可以见到几颗圆滚滚的椰子。

一天走下来，没见到一辆机动车。大家几乎都手捧一两碗美味的小吃，戴着太阳帽步行。

很明显，大家更偏爱慢节奏的生活。不必赶着去做什么事，慢悠悠地走过去，尝一小碗凉粥，看一个精美的展览，怡然自乐。

二

鼓浪屿可以叫作音乐之岛，音乐元素随处可见。海滨有位拉小提琴的爷爷，头发虽然花白，背依然挺得笔直，衬衫也浆洗得很干净，他倚靠着琴，眼睛轻闭，完完全全陶醉其中。

别的街边奏乐献唱的人，都把面前琴盒打开，希望过路的人扔几个钢镚，赏几块钱。这个爷爷却将琴盒拉链拉起，靠在一边的椰子树上，似乎在对来往的人说：我不要你们的钱，只希望你们能驻足聆听一二。行人也不辜负他，大多停下脚步，侧耳倾听。

我很佩服会乐器的人，我并没有什么音乐细胞，唱歌都跑调。每当这时候，我总是以羡慕的目光看着奏乐的人，他们周身仿佛镀了金光般耀眼。

菽庄的钢琴展中展出了很多光泽诱人的三角钢琴，店铺里摆放着让人浮想联翩的白色钢琴。我走过去敲了两下，惊喜地发现音都是准的，一旁的人刚要为我喝彩，我的勇气却像泄了气的皮球迅速地干瘪下去，飞一样地逃离。

比起创造音乐，我更喜欢欣赏音乐，这样我就不用经历忍受自己弹出难听乐曲的过程，我希望能一直保持对音乐的冲动和新鲜感，永远享受，永远热爱。

我并非那种只有三分钟热度的人，我只是在挑选最适合我的方式，有些东西总要试试才知道是不是一生挚爱。音乐是，但是我也许永远无法奏出令自己满意的乐章，我爱它，所以我不忍心毁了它。

三

我不知道它的历史要追溯到什么时候，不过它被世界所熟知开始于 1840 年的鸦片战争，英国打了头阵，13 个国家先后在不足 1.9 平方公里的鼓浪屿建立领事馆。岛上随处可见西式的洋楼，在中式的庭院当中独树一帜。

我们移步换景，并没有看到期待中的假山小瀑，取而代之的是更多的西式建筑，我觉得很痛心，好像全身的骨髓都要被这白得晃眼的西式小楼抽走。它们所代表的不是繁华，是近代的耻辱。

四

一下午的时间,我们都在岛上边逛边吃,但是味道都不算好,我们就没在吃上浪费,转而扩大了活动范围,饱览这岛上的美景。

到最后我们实在累极,就走进一个图书馆小憩,翻翻书,吹吹风,听窗外的绿叶轻拂老旧的窗棂,和着风低吟浅唱。

坐到后来,连翻书也觉得疲惫,就干脆将它随意摊在桌上,闭目养神。清风不识字,何故乱翻书。风起风落,书页哗哗作响,时如绵绵细雨,时如滂沱大雨。我听得饶有兴趣,就任由风动,不再去合书。

说来浪漫,在商业化严重的鼓浪屿,我闭着眼睛,听着风声,晒着太阳,靠在窗边的软沙发上,睡了小半个下午。

五

港式茶餐厅对我来说是个很新鲜的概念。菜品多,菜量少,每道菜都是尝个味,像我这种吃饭快的,味还没品完,嘴里便空空如也了。后来我也学机灵了,细嚼慢咽,可以挨到下一屉珍馐上桌。

一壶浓郁苦涩的普洱喝到天荒地老，海枯石烂，第一道肠粉才端上桌。的确不负我的等待，白白胖胖的肠粉被水汽蒸熏得晶莹透亮，依稀可见内里丰满的馅料，酱汁一浇，表皮更加晶莹，散发着酱油色的光泽。一口下去，富有弹性的粉包裹着饱满的肉末和香菜，在嘴里蔓延开，好像开了慢镜头一样，霎时间，我仿佛能看到酱汁在舌尖温润地化开。

六

嘴巴能吃饭，眼睛为什么不可以？我感觉夜游鹭江就好像在给我的眼睛加餐吃消夜一样，处处是美景，处处令人惊叹，处处舍不得眨眼。

高楼林立，白天的钢铁巨兽此时浓妆艳抹，散发着五色的霓虹。江面荡漾着浅黄色的波光，随涟漪一道一道通往岸边，破开了水中的圆月。我看着水中皎白的月光残片，有些心疼。

"当你形容不出你所看到的美景时，你该看书了。"斌哥说。我正细细品味呢，他又开口，"我的眼睛像吃了甜点一样，满眼都是甜蜜。"再没有比这更恰当的比喻了，简单一句话道尽了夜景带来的充盈，我写不出比这更美的句子来概括。

写到现在，我发现自己越发在意遣词造句。之前我只是让文字随意地在笔尖流淌，就像河流从山峰奔涌而下，我不去规定它的去路，放任它在原野上四处流淌。现在我越发在意词句，河流反而失去了自由，它没有创造力，只是听从我的指令，或弯曲，或笔直地流淌。

我见得越多，想得越多，反而越写不出"眼睛像吃了甜点"一样的诗意。也许这是成长的代价，但它给予我独立思考的能力，我泪流满面地回望，却还是随着河流——那个激进的勇士——向前走。

1.22

其实我前几天的日记忽略了一个方面，就是疫情。

落地第一天开始，微博就不断地报出感染新冠肺炎的人数，南方是人数攀升最快的。起初数字地图上只有两三人，随着时间流逝，感染人数越来越多，新闻报道也越来越频繁，到今天为止，福建是南方唯一没有确诊者的省份。

不停地有家长打来电话，询问我们是否配备了口罩。我们在车上时并没有太在意，直到到了机场，半数以上的人都用蓝色盖住了半张脸，我们这才惊惶地戴上了口罩。

一进家门，妈妈就用酒精将我全身消毒，我还笑她担心过度。结果没过两天，武汉疫情暴发，紧接着是封城，然后停工停产的消息接连到来。往日川流不息的马路杳无人烟，夜晚的灯箱都熄灭了灯光，整座城一片安静。

网络成了我们了解外界的唯一渠道，我们为医生、护士加油鼓劲，我们为逝去的同胞默默哀悼，我们赞美坚守岗位的配送小哥，我们上网课，通过网络处理工作，我们抢购口罩、消毒水等物资，我们甚至自娱自乐地在家做凉皮、蒸馒头，尽量减少外出。我们在家待了整整三个月。

五一过后，复产复工，高三、初四学生返校。那时我初四，正好赶上第一波返校。再回头看这场旅行，已经恍若隔世。我的高中三年也未能幸免，疫情时不时反复，动不动回家网课，我们已经见怪不怪了。

"后疫情时代"，大家"报复性"地外出游玩，弥补宅家的缺憾。我和身边的朋友也不例外，高考结束，我们就选了好几个地方，一个一个地去玩。玩到后来，朋友说已经没有旅游的欲望了。

在小小一方教室里待久了，即使知识自有一方广阔天地，人也会萎靡，身体终究是被束缚的。我累的时候抬头，看着头顶吱哟吱哟的风扇，总觉得，人还是要多待在没有天花板的地方。就像迟子建笔下的鄂温克人，终身游走在山林间。

有人说我们这代人的青春是在疫情中度过的，我并不觉得。我觉得我的心还在躁动，渴望远行，我觉得，只要我的心还渴望远方，我的青春就没有结束。我口出狂言：也许，从这个角度来说，我的青春永远不会结束。

探秘湘西

我们出行,
又何尝不是用脚印丈量世界,用自己的心感知世界?
唯有真正了解它,
完全将自己置于山水之间,我们才能和它共处。

2021.7.25

　　湖南，在我的印象里一直是一个复杂的存在，它有喧闹的都市，又有静谧的山林，它有热情好客的百姓，也有神秘婀娜的苗女。湘西，更是一个充满神秘色彩的地方，无论在哪本书里，在哪部文献资料中，它都像蒙了一层面纱，叫你看不真切。

　　今天好热，走在路上就像一支快要融化的冰激凌，阳光太刺眼，周围的一切都是白色的，干得蒸发不出一丝水汽。有的小朋友好像是第一次出远门，坐在行李箱上开心地转来转去。

　　火车是绿皮的，像老式电影中的那样，好像踏上去，它就会载着我们驶进某个童话里的国度。车上的售货员或许会像《哈利·波特》中的一样，卖会跳的巧克力蛙和口味永远未知的怪味豆，又或者车上的乘客会像宫崎骏电影中千奇百怪的动物，也许是蟾蜍，又或者是狐狸。

　　但是没有，车厢里冷气阵阵，乘客的讲话声很大，混杂着铁轨吭哧吭哧的声音，很聒噪，但正是这样的环境给了孩子们玩耍的天地，小蹦豆们跑来跑去，又在双层床铺上爬上爬下，惹得同车厢的大人们纷纷观看。

我百无聊赖，埋头睡觉。

一觉醒来，车窗外是滚滚向后涌动的树木，满目苍翠，高空中成片的云朵游弋，太阳是橙色的，几朵云晕上了阳光的光辉，美得不可方物，不多时，天宇便被晕成了温柔的紫色，红红的太阳一跳一跳沉下地平线，近处的树木和原野也被笼上淡淡的霞光。

我不打算拍照，因为电子式的存储总会给自己的记忆留有余地，潜意识里认为有电子的存档，记忆就不会再费事去记下每一时刻变幻的色彩了。我选择不错过这美丽的每分每秒，尽力地记住暮色四合的每一瞬间。我啃着面包片随列车有规律地晃动，昏昏欲睡，最终不舍地伴粉色的晚霞合上双眼。

孩子们的双眼总是更具洞察力，在我还未意识到列车在倒开时，他们已经七嘴八舌地讨论开了，原来已经到了河南，进站之后倒出去，再继续南下。

大人们总是凭借他们多生活了几年积攒的阅历，理所当然地忽视掉生活中有趣的变化和应该探索的事物。所以我不想长大，不想长成无趣的大人，我的灵魂，起码在我的期望中，应时刻像孩童的灵魂一般，散发着光芒。

7.26

一

一下火车，失去车厢和空调的庇佑，我便用防晒服、口罩、帽子将自己武装起来，湖南的太阳，你休想将我晒黑一度！走在街上，迎面撞上我，你可能会感叹一声："嚯，哪里来的刺客！"

路边是随处可见的"茶颜悦色"，早就听说过这个牌子的奶茶了，老板也很"傲娇"，只把店开在长沙、武汉等几个城市，大多数城市难见它的身影。

天气很晴朗，天是湛蓝的，云是成片成团的。

正累得迈不动腿时，"火宫殿"的大红牌坊赫然映入眼帘。落座后，一面任由火宫殿的历史左耳朵进右耳朵出，一面贪婪地盯着清爽的凉皮，乌黑的臭豆腐，泛着油光依偎在一起的糖油粑粑。

这是我吃过最好吃的臭豆腐，我从没想过这种街边小吃也可以出现在餐厅的白瓷盘中，不同于锅气浓郁的街边臭豆腐，这里的没有尘土味，没有手抖带来的各种变数。每块豆腐都精致得像流水线加工的产物，味道很稳定。

漆黑如墨的臭豆腐的表皮被戳开一个小口,汤汁被灌进去,然后在开口处仔细地放上一小撮香菜和几粒小米辣。好吃又好看,先是酥脆、油味香浓的表皮,再是嫩滑的豆腐,汤汁也随之在嘴里喷涌。

最出人意料的不是外酥里嫩的臭豆腐,而是令人惊喜的糖油粑粑。我原以为油炸的糖油粑粑会又甜又腻,然而它竟然是凉的,像青团一样爽口,且越嚼越香,焦黄的甜汁更像是锦上添花的点缀,而非遮羞的布。

我不舍地咂咂嘴,想夹第二个,然而盘中转眼间只剩一层酱汁了。果然好东西总会发光的,在哪儿发光不一定,在大家的肚子里也说不准。

二

韶山,舜奏响乐曲的地方,于二十世纪又诞生了一位巨人,他也如千百年前的奏乐者,奏响了一曲时代的红歌,他站在时代的风口浪尖,将中国推上时代的列车,他就是毛泽东。

怀着忐忑的心走进滴水洞,周围就只剩下水滴与石板碰撞发出的滴答声,转眼间豁然开朗,只见阡陌交通,人声鼎沸,前来瞻仰的人实在太多,将那窄小的路挤得水泄不通。

疯长的绿树盖满了山丘,顺梯田层层生长的水稻苗一片青绿，以它大块大块亮丽的色块冲击着视网膜，近处是一片藻荇交横的绿池，碧绿得甚至看不到潭底。远处是挤满了荷叶的池塘，藕花呈嫩粉色，羞羞答答地隐匿在一片片碧绿之中，只微微探出脑袋，仿佛在抱歉地告诉来人自己已开过了，不要抱怨没有赶上赏荷的最好时节，然后又安然闭目，享受着水中的清凉，等待必定来临的枯萎的结局。

旁边是土黄色的建筑，盖着黑瓦。

门前还另有一大片池塘，这便是"少年游小塘，青年游湘江，老年游长江"中的池塘了。我没有过去看，任由人群推着往前走。就像时间，它有一双无形的手，将我们从这一站点推向下一站点。

离开毛泽东故居，绕过一片树林，就来到了一个开阔的广场，中间是毛泽东的巨大铜像。广场中轴线瞻仰大道入口处有块巨石，形似中国地图，题刻"中国出了个毛泽东"几个大字。

我心中的理想更加远大，我想世间再无战争饥荒，我想百姓安居乐业，我想勤奋勇敢之人能够有施展拳脚的一席之地，我想饥寒冻馁之人有一室可安寝，我想渴望安定之人有一个喜爱的职业可立命，我想所有人都能在这世界上灿烂美好地活着。

来湖南的人总要到韶山转一圈，去感受伟人的魅力，表达对伟人的景仰。

魂灵，植根于每个中国人心中的民族魂、国家魂，将这么多中国人聚在一起，共说一种语言，共有一种思想，为共同的事业而奋斗。瞻仰毛泽东，似乎就是如是道理。他凝聚着中国人的魂魄，让在世的人拧成一股绳，众志成城。

7.27

一

托地形地势的福,在淄博被"烟花"登陆困扰之时,武陵源区仍然凉爽宜人,阳光依然明媚得吓人。

进张家界第一感觉是"仙",高耸入云的山岩上嵌着一丛一丛的绿意,将或红或黄的山头衬得更加醒目。早晨的一丝丝金光破开云层,扫射着山体的一面,将另一面藏在灰暗中,水雾堪堪升起,给它蒙上了一层面纱。

透过厚厚的近视镜片望去,山腰山脚并不单单长着茂密的树,反而像被绿色浓淡不一的绿毯随意覆盖着,高低的树仿佛毯子的褶皱,没有规律、没有次序地连绵着。

面前是盛放的火桃花,周围喷洒的水雾中依稀掠过几只蜻蜓的残影。这可比玉帝老儿的天宫"仙"多了。

我连连感叹着张家界的仙貌,不停地拍照,甚至上山途中被山环抱的湖都能让我惊叹不已……

如果说武汉的公交司机全靠"浪",重庆的大巴司机全靠敢,那么武陵源的公交司机那完完全全靠的是"摆"。

盘山路十八弯,一侧是壁立千仞,另一侧是万丈深渊,我坐在后排看得真切,每到一个弯道,就见司机摆出打太极的架势，握着方向盘将它打满，公交车便跟着师傅的节奏，神龙摆尾，游走山间，全程看得我心惊肉跳，无比胆寒。

金鞭溪头是一列小瀑布，瀑布往后就是三排被切割得四四方方的石墩，清澈的溪水源源不断地涌出，说是"清澈见底"一点也不夸张，你可以清晰地看见水下各色石头，它们随意堆放着，折射出不同的光影。

这里的水至清至洁。捧起一抔水洗手洗脸，风干后不会有腥臭味。蹲在溪边向下看，你甚至看不到水中的游鱼和浮游藻类，有的只是闪着波光的圆石和汩汩的流水。

为防止蚊虫叮咬，我特意穿了长裤。导游向我们介绍，此地界人杰地灵，压根儿就没有蚊虫。真是枉费我一片苦心！漫游张家界的一天中，我想尽办法找些翻飞的虫子，然而徒劳，其他的益虫倒是不少。

武陵源朱砂、水晶矿含量极为丰富，耸立的山体形成时间长，负氧离子含量极高，外国专家说，这里一口空气价值五美元。听罢，我们都深呼气，然后猛吸几口，相视一笑，真是值回票价了。

最不容错过的景点莫过于高达326米的百龙天梯，经150米的岩层，以每秒5米的速度急剧上升。短暂的昏暗之后，阳光洒入天梯，五位将军傲然挺立眼前，崖壁上依旧是一丛丛的绿意，在灿阳下闪着光。我们到达顶端才堪堪与它们平齐，实在是太巍峨宏伟！

山上的动物有恃无恐，它们对来来往往、络绎不绝的游客熟视无睹，被偏爱久了，认定人们绝不会伤害它们。

金鞭溪边的蜻蜓把我们当作摄影师，有只小蜻蜓为我停留了好长时间，等我对完焦，拍完照它才振振翅膀，悠悠飞走。有些甚至还大胆地停留在人们肩头、手臂上，哪儿显眼往哪儿飞。

猴子更不用说了，有一条观景道，观的哪是景啊，就是猴，而且真正做到了一步一猴，人猴和谐共处。小猴子聪明极了，专门跟着背包塞得鼓鼓囊囊的游客，楚楚可怜地瞪大眼睛盯着他们，直到他们心一软，拉开拉链找出零食，此时它们原形毕露，没等零食水果递过来，就跳起抢走，叫人哭笑不得。

它们如法炮制数次，几乎猴猴手中均有吃食。它们坐在路边啃苹果，熟练地撕开奥利奥包装袋……有的吃完了，就急不可耐地跳上游人肩头，抢走几颗西红柿。

我们看它们是景观，是生命，是一副副酷炫的银白手铐（导游交代这是国家二级保护动物，不让乱碰），它们看我们，那简直就是行走的自助餐吧。

二

索道悬挂在半空中，仅找了几个山头作支点，承托起了绵延数公里的缆车。向下看是碧绿的山沟，向四周看，是险要的山峰，每个角度都是一幅绝美的图画。

静静听着歌，看着绵延数里的索道，我不由得感叹，人真是渺小又伟大的生物。他们会因体内小小细胞癌变，走向生命尽头，却又在短短百万年间将地球的表面印满人类的足迹，改变着世界。比起偌大的世界，我们虽如蝼蚁般渺小，却也修筑巢穴而终有溃堤之势，人类虽如苔花，但也学牡丹竞相盛放。

我们出行，又何尝不是用脚印丈量世界，用自己的心感知世界？唯有真正了解了它，完全将自己置于山水之间，我们才能和它共处。

三

我们到十里画廊时已是下午三点，已经到了一天中最炎热的时候，我感觉自己像烤盘上的肉，在太阳的炙烤下浑身发热，吱吱冒油。

经过格外漫长的等待，终于坐上了小火车。晃晃悠悠地到达终点，缓解了等待的疲惫和身上的高温。

火车太快，根本来不及观看周围美丽的山景，所以我毅然决然地放弃了回程票，和爸爸徒步前往入口。

我们在三姐妹峰稍作休整，便踏上归途。雄奇的山峰矗立身边，扶摇而上，直插云霄，使劲儿仰着脑袋，才能看到夕阳中金辉闪耀的峰顶。

开始我太过执着于找寻介绍里的奇观，爸爸提点道："为什么一定要找介绍里的景象呢，每个人所见都独一无二啊。"我恍然大悟，遂放松心情，四处望去，任由自己想象，于是每个山峰的每个角度都有了差别，落日余晖为山的向阳面镀上金，背阴面的阴影于是凸显出来，明暗交替，光影变幻。

山峰与夕阳作景，入了名为游客的眼睛的画框，成为那个炙热七月最奇特的图画。画廊也是在这时才真正展现出它的俊秀与雄奇，我将这份宝藏般的图画珍藏进脑海，现在回想起张家界，首先跳出的画面，还是余晖下雄奇的十里画廊。

画廊画廊，果真如此，画廊十里，画作无数，幅幅典雅，峰峰秀丽。漫步其中，就如同漫步于水墨画廊，十里之长，我却只嫌它太短。

坐车下山，站在景区门前回望，喝口水，吹吹晚风，看着远处的山脉渐渐褪去夕阳的颜色，一天的劳累与疲惫似乎也不过如此。

7.28

一

经过几小时的车程,我们终于来到了苗寨,来到我朝思暮想、魂牵梦萦的神秘的湘西。

长长的条形大桌并排列在大厅里,饭菜早已准备妥当,我们到时有些迟了,大厅正歌舞升平,锣鼓喧天——演出已经开始好一会儿了。

苗族姑娘头戴偌大的银饰,佩戴着极富民族特色的项圈,服饰上花纹繁杂秀丽,口中是嘹亮的苗歌。这一看一听,心中那个爱好热闹的灵魂顿时被唤醒,边落座,边目不转睛地和着姑娘们的歌声拍着手。

主持人暖场后,穿红装的姑娘们便端着米酒走了出来,上演了一出"高山流水",她们将碗口相接由高到低排列,乳白色的酒液顺着碗,一碗接一碗地流进客人口中。

我看得心痒,心中按捺不住的小酒鬼在叫嚣着:"我可以!"米酒甜丝丝的,酒味不算浓,酒精度数很低,清洌浓郁,细细回味,并没有冲鼻子的酒气,更多的是清甜醇厚的米香。

我喝得兴起,干脆把酒壶抢过来摆在我面前,菜也不吃了，一碗接一碗地给自己斟酒。有几个胆子大的小朋友凑过来可怜巴巴地说："姐姐，我也想喝。"我将食指比在嘴唇上，示意他们别声张，悄悄地给他们倒了一小碗，他们喜滋滋地捧着回去抿着喝，喝完还冲我甜甜地一笑。

走时我没忍住，买了一小瓶，到酒店迫不及待地打开尝，再喝却不是当时清洌幽香的味道了。欲买桂花同载酒，终不似，少年游。

二

饭后我们跟随苗家姑娘进入了村庄，首先惊掉我下巴的就是一屋子的银饰，从墙脚到房顶，从这面墙到那面墙，银饰的冷光闪得我几乎睁不开眼。

他们的银片又大又轻薄，上面雕刻着精美的花纹，花鸟鱼虫，飞禽走兽，图案不一，却都十分好看。几乎一瞬间就将我带入几百年前那个饮溪水而生，靠山吃山的夯吾苗寨，风动银动，我似乎能听到苗女婉转的歌喉，打银的空空声。

爸爸对陈列的那把银壶爱不释手，但最终还是选择给妈妈买了凤尾摇。凤凰飞到胸前，尾羽摇曳，好不漂亮。回家后妈妈嗔怪着爸爸又给她买首饰，却在衣柜前选了好久，仔细挑选出和它相配的衣服。这大概就是他们之间的浪漫，没有言语的爱。

夯吾苗寨是个神奇的地方，老人长寿到不能祝福"长命百岁"，而孩子们却要跋涉去县里上学；他们的制银技艺历史悠久，精妙绝伦，而他们却长期贫困，技艺难以传承。这是个矛盾的集合体，这是现代与古代的交融，是科技和手艺的碰撞，他们拿着时代列车的车票，却找不到正确的站台，可正因这些对立面的不和谐才传唱出一曲曲动人的苗歌，才锻造出闪着银光的首饰。

三

苗族女人地位很高，向来有男嫁女一说，女方还会准备丰厚的嫁妆。苗族有三奇：赶尸、放蛊、辰州符。

比较有意思的是放蛊，相传苗女会将数只大黑虫子养在罐中，让它们自相残杀直到只剩最后一只，这最后一只就叫作蛊虫。这之后，她们会用自己的血精心饲养蛊虫三年。若遇到了喜欢的汉子便将虫放入饭中，男人食后就会不可救药地爱上她们，若有二心，则蛊虫发作，男子便会受五脏六腑虫食之痛而死。

我想，大概我做不成苗女，我心爱的人一定要因为是我才爱上我，他爱的不是我的面容、我的身体，而是我滚烫的灵魂、我饱读诗书的头脑，即使他了解了我最不光彩、最隐秘的黑暗面，也能微笑着张开双臂拥抱我。这样的他才是我的爱人。

大师还为我们展示了辰州符的奥妙，起初我以为这不过是术士的惯用把戏，直到他念咒作法，将扑腾的老母鸡死死定在横杆上，无论他如何逗弄都不飞，突然锣声响起，鸡才如大梦初醒一般，身体一节节活动起来，慢慢挺起身，跃下横杆。我被震惊得说不出话来，和身边的朋友一齐鼓掌。

他将咒符烧毁，在桌子上余下的黄色条带上轻点几下，让我们带在身上，在村口找到对应的生肖，写上自己的心愿，说是这样会十分灵验。我们欢天喜地地拿了黄绸，在村口处找到被黄绸淹没的十二生肖。我们扑到桌案上纷纷写下自己的心愿，有个小朋友凑过来："姐姐，你写的什么呀？""你猜。"我逗他。

没人知道我写了什么，只有我和我的生肖守护神知道，这是我们的秘密，也许有一天我重回苗寨时，我会找到它，解下它来还个愿。

我站在山坡上，回望这个伫立山间的吊脚楼苗寨，心中默念着我一定会再回来一次，带着我已经完成的心愿。

只希望它在历史的发展进程中，能一直保留这些淳朴的风俗，不要过分商业化，不被过分美化。它就是它，它的神秘莫测，它的古朴厚重，它热情的人民，才是我再次回来的原因。

四

  路上我们不住地讨论苗人的神奇，一路欢声笑语。然而入住酒店时却遇到了难题，因我们来自"高风险"地区，于是被遣返回换乘中心。路上，我还连人带箱摔在了地上，真是祸不单行。

  叽叽喳喳的讨论四起："我们不会被隔离吧？""啥时候能回家啊？""我好倒霉！"导游不断向我们强调要佩戴口罩，恐慌顿时蔓延开来。多亏当地向导临危不乱，随机应变，为我们找到了凤凰古城边的临江酒店，才让我们紧张的情绪得以平复。

  凤凰古城的夜景很美，黄色的灯带勾勒出房屋砖瓦的形状映在水中，好像重力反转，水下另有一方天地。

  石板路铺在水面上，一两米的高差让水流泻下，发出哗哗的声响。走在石板路上，能感到水汽一阵一阵地涌向脚边。周边的摊贩把西瓜、哈密瓜之类的瓜果装到篮子里，吊在水中冰镇。

  我们吃过饭沿着江边的石板路漫步，温热的晚风带来江水的咸腥味和饭店的美食香，风将我们轻推着，送到灯火明亮的银饰店、小吃摊、服装店前，自然而然地勾起了我们消费的欲望，我和同行的几个朋友停在一堆扇子旁挪不动脚步，什么"颜值爆表""靠脸吃饭"，简直是为我们量身定做的形容词。于是一整个晚上，我们摇着惹人发笑的扇子，大摇大摆地走在古城街上。

街道看上去古香古色，有的石砖会突然凹下去一块，所以需要特别注意，我好几次都只顾端着的小吃，差点摔个狗吃屎。

我们在一条小巷里找到一家孤独的凉粉摊，一盏昏黄的街灯下，两位老人静静地坐着，他们也不叫卖，神情安然。我们买了两碗凉粉，感叹着，说笑着，继续遛弯，直到累得走不动路才回到住处。

五

湖南之行似乎很难彻底结束，没错，我被通知要隔离。间隔这么多天，隔离显得有些迟到，该去的不该去的地方都去了个遍，该见的不该见的人也都见个遍了，隔离的意义似乎也就淡化了。

在家老听那两口子吵架，妈妈说："你俩不在家我也不用做饭，卫生打扫了也不会脏，我一个人太好了。"爸爸说：

"我一个人在家也不脏。"他们一起瞪我，我反驳："别看我，我一个人在家也挺干净。"

霎时我顿悟，我们仨就适合过一人一房的独居生活，群居确实没啥必要。于是，走的时候，妈妈看我俩收拾行李开心地笑了；到了酒店，爸爸听不到妈妈的唠叨，不用费尽心思抢电视看，开心地笑了。看他们笑得这么开心，我也很配合地笑了。

酒店的"小度同学"太好玩了，哈哈哈！第一天入住时，我就发现了电视柜上的小度同学，和它聊天聊了很久。后来我发现有些话它确实听不懂，沟通起来挺费劲，就没啥兴致了。

隔离给我们的第一个下马威就是鼻拭子核酸检测。当时有人咚咚地敲门，我喊爸爸去开，半天也没听见动静，过去一看，他正扎着马步，神色痛苦地做核酸，转头就已满脸通红，噙着泪去擤鼻涕了。我在一旁笑个不停，他龇牙咧嘴地说："你做也这样。"我淡定地等阿姨给我测完鼻拭子，只是不自觉地流出几滴生理泪水，没哭也没闹。"小姑娘比你都淡定。"阿姨眼睛弯弯地帮着带上了门。我看着老爹痛苦的脸，又忍不住笑出了声。

"你说咱吃啥啊？""不知道。""啥时候吃饭啊？""不知道。""我头一次坐救护车，还穿着睡衣，多少显得有些不尊重。"老爹夸张地给我指面前的金属台，悠悠地说："看，这上面躺过死人。"我无语。

到了酒店，我一屁股坐在床上。"干啥呀，这身衣服上过救护车，死人躺过的！""死人也坐过座位？"我反问。"那……那好像没有。"他的语气有些迟疑，我一下笑出了声。

"听说还有水果呢。""可能吧。"隔离第一天便在这样简短无聊的对话中悄然流逝，一直挨到七点半，趴在床上相望喊饿的两人谁也不肯去开门看一眼隔离餐是否送到。

我最终还是没扛住铺天盖地涌来的饿意，开门一瞅，一黄一白两个袋子早就摆在了门口的凳子上。提溜起来，沉甸甸的，用手一摸，还有热乎气。掀开锡纸，一小份油菜，一小份菜花，还有一大份鱼香肉丝，在台灯下闪烁着诱人的光泽。再去揭一旁的纸碗，是小米粥，烂乎乎的，很稠很香。

隔离的生活其实并没有想象中那么让人担心，更多的是无聊。就好像把你扔到了一个跟外界完全没有交流的地方——无人区，可以这样说。唯一的好处是写作业特别快，以前暑假光顾着出去玩，作业多是开学前一周奋笔疾书的豆腐渣工程。这次却能静下心来认真地完成，真是一种全新的体验。我还在箱子里塞了几本书，没事就翻翻打发时间，也获益匪浅。这几天也别指望跟小度说话了，跟老爹聊天也费劲，所以跟自己的对话格外多。我觉得挺好，可以静下心来好好地思考问题。

特别感谢尽心尽力为我们服务的医护人员，他们不仅承担着自己的工作,还要抽时间给我们送饭,再把饭盒收走集中处理。

闷热的八月,他们的防护服却很少脱下来。我身在隔离酒店,更加感到了自由和健康的可贵,希望疫情快快过去,把没有口罩的四季还给我,到时,笑意盈盈的不仅是似水的眼眸,还有如花的脸颊。

9

最后一次"越狱"

我们注视烟火,踏草看海,
看蒲公英如何投入天空的怀抱,
看黑夜如何迎接曙光。

2023.5.14

一

上高三后，紧张压抑的氛围令身体总是有各种不适，这就给了我们合适的理由，请一晚上的假，回家休息调整，甚至可以暂时撇下作业，和爸爸妈妈出去吃一顿丰盛的晚餐。我们形象地把这叫作"越狱"。

一天晚上在食堂吃饭时，雅雯突然说："我好想去青岛，不用待很久，哪怕只在海边站一下就回来也可以。"我啪一下放下筷子："是吧，我就说我这几天怎么这么想直飞拉萨呢，我就很想去那儿看一眼，早上到，下午回都可以。"她被我这天马行空的想法逗笑了："拉萨太远了，去青岛吧。"

模考结束后，她课间来找我，双眼通红，就那么站在我课桌前，像只兔子一样盯着我。我俩的发挥都不算太好，我桌上摞得高高的书挡住了她一半身体，也挡住了我们未来的一角。那角由高考决定的未来，在当时的我们看来，不切实际，虚无缥缈。她用不容反驳的语气说："这周末休息，陪我去青岛吧。"我被她的状态吓呆了，正好我也需要放松，就点点头，答应了她。

这是高考前最后一次放假，别人也许在补觉或者刷题，我俩却早早地就坐上了开往青岛的动车。这是我们高三生活最后一次"越狱"了。

二

我们订了早上七点的动车票,买了四点的返程票,能在青岛浪费白天的好时光,然后在晚自习前赶回学校。我看着排得一刻也不得喘息的时间表:"咱俩真是特种兵旅行啊。"她嘿嘿一笑。

复兴号上没什么人,车厢里静悄悄的,我们都没什么困意,窗外一闪而过的田野都足以让我们高兴很久。

我和爸爸妈妈说的时候他们没有丝毫犹豫,不假思索就点头同意了。我和身边的朋友说起时,他们大都难以置信地问:"怎么快高考了,还出去玩?"我知道现在是非常时期,千军万马过独木桥,但我也知道,再不逃离那种高压的环境,我脑袋里的弦就快要崩断了。

高三只有一次,生命也只有一次。我不喜欢把生命放进条条框框里,没有固定的计划,才可以处处发现变化。我们注视烟火,踏草看海,看蒲公英如何投入天空的怀抱,看黑夜如何迎接曙光。

三

一下车我们就直奔啤酒博物馆，上次来青岛这里排队的人绵延了一条街，这次没排队就很顺利地进馆了。

A馆讲青啤的发展历程，B馆细说啤酒发酵二三事。我们混进了一个旅游团，蹭着讲解往里走。

与清华大学一样，青啤商标"TSINGTAO"也是开头的Q被T代替。我打趣地跟雅雯说："哥的母校。"雅雯笑着无语地翻了个白眼。B馆相对于A馆有趣不少，发酵过程和生物选必三联系紧密，雅雯形象地说："这算是撞咱枪口上了。"

一进馆就是几台巨大的糖化罐，我们顺着楼梯走上去，可以看到糖化罐里的模样，底部是一个巨大的搅拌叶，可以将淀粉充分分解成糖浆。下一个展厅是关于啤酒花的介绍，我本以为啤酒花是一种人工合成的发酵材料，没想到人家是实打实地从地里长出来的，在蒸煮时把啤酒花和糖浆一起放入罐里，可以帮助产生风味，加热的过程还可以终止酶的作用，并对糖浆进行灭菌。

我突然扭头："啤酒花要在哪步放来着？"雅雯惊慌地双手抱头："糟糕，我忘记了。"我打开万能的百度，找到生物选必三的电子课本，在一个没人的角落，发芽、焙烤、碾磨、糖化地反复念叨了好半天。我还抽查："碾磨目的是啥？"她认真地答："碾磨麦芽释放淀粉酶。""对！咱俩这辈子都忘不了这个知识点了！""不求天长日久，只求高考前不忘。"她语重心长地拍拍我的肩。

再往前走是一个小酒吧，整个空间都散发着浓郁的麦芽香，我抬脚就往柜台走，她一把拉住我："说好高考前三个月不喝酒的。""我不买，我就看看。"二十分钟之后，我俩一人提着一瓶定制啤酒相视一笑："等高考完了喝。""嗯嗯。"

那天我俩确实互相监督，谁也没喝酒，即使满街都是青岛原浆，饭店里也有多种口味的果酒，我俩很坚定地喝了一天白水。我们也确实做到了高考前三个月滴酒不沾，虽然有无数个让我抓狂的时刻让我特别迫切地想微醺一下，但我总归是没破戒。

最后我们经过文创区，雅雯对满墙的冰箱贴爱不释手，她选了两个最喜欢的，还有一个，她思虑再三，还是忍痛割爱放下了。她结完账靠在一边玩手机等我，我趁她不注意拿上了她放下的那个，但我不打算近期给她。

高考完之后，我向她卖了个关子："我要送你个毕业礼物，不贵重，也不一定是你必需的，但是你肯定很喜欢。"毕业典礼那天我塞给她一个包裹，她摸着里面那块小磁铁惊喜地看着我，我感觉她眼睛里的星星都快溢出来了。她那天看着一墙的小磁石时,也是这样亮晶晶的眼神,我当时凑过去问她:"是不是在想,以后每到一个地方都要买个冰箱贴带回家。"她特别惊奇地说:"你怎么知道的!"我抿嘴一笑。

我们春风满面地从博物馆出来,走在艳阳高照的街上,晒出了一层微汗,但是风很凉爽,走在街上只觉得放松,由内而外的放松。

四

到了青岛怎能不吃海鲜,我们边吃螃蟹,边商量下午去哪个海边转转。 她点开一个帖子,研究了半天:"要不去琴屿路吧。""好。"

青岛还没有真正意义上入夏,海边要冷得多,深蓝色的海水下似乎有浓得化不开的阴霾,一下一下地拍打着岸边的礁石。 我们往海边一站,带着鱼腥味的海风就一股脑地包裹住了我们。 我打趣道:"好的,站完了,走吧。"她举起拳头,佯装要打我,我抱头逃窜。

此行并没有一定要看的风景,也没有一定要打卡的地方,我们一路沿着滨海公路走走停停。 我们手牵着手,走在人声鼎沸里,她问:"要不要听歌?""听你的还是我的?""当然是你的。"我笑着点点头,拿出手机连上蓝牙。 那天我俩走在海边，耳机里随机传出我歌单里的某首歌，浪漫极了。

我过生日的时候，她给我写了一封信，她说很感谢我给她打开了英文歌和美剧的大门。我又何尝不感谢她呢，雅雯的高情商和稳定的情绪是我坏心情的阀门，她总说自己不会安慰人，其实她什么也不用做，我只是待在她身边就觉得心安。她永远是我的保险栓，各种意义上的。女孩子之间的惺惺相惜实在太难得了，我很庆幸我们不是那种渐行渐远的泛泛之交。

五

我们在回程的车上睡得很熟，那段时间我睡眠问题很严重，很久没有睡过那么香甜的一觉了。

恍惚中，我似乎又回到了几周前的一天。我们在水晶街吃过晚饭，骑车赶回学校上晚自习。太阳正在落山，昏黄的余晖夹杂着春天的风，洒在每一口被吸进肺中的空气里。那几天我被考试压得几乎喘不过气来，但在那一刻，考试似乎变成了具象的东西，不再是流逝的时间，紧张的氛围，而是一种可以被风吹起的碎屑，就那么在金黄的日落里消散了。

雅雯当时骑车载着我，她的发丝轻抚过我的脸，洗发水的香味萦绕鼻尖，久久不散。我当时想，高三究竟该怎样，我搞不懂它该是雪花一样朝我们来的试卷，还是身边的人对我们殷切的期望。但我永远也不会忘记，那个黄昏我们在春风里嬉笑。

六

我经常失神地看着她，她被我盯得有些害羞，会大言不惭地问："怎么，爱上我了？"当然，一直爱着。

在我心里，她就是最好最好的那个人，她值得世界上美好的一切，她就像个小太阳，在她身边永远不会有阴天。希望她一直一直晴朗。

10

友谊万岁

美景是充电桩,灵魂是数据线,肉体是电器,
有效的放松会让我们电量满满,
满怀信心地迎接下一个挑战。

2023.6.14

一

"喂，你到了吗？""什么？""啊，你还没起啊？"

我惊呼一声，怎么四点半了，本来约好的四点起床集合。我提前定了三点半的闹铃，结果没听见，爸爸更绝，他定成了下午三点半的闹钟。

我们骑着"小电驴"风驰电掣，总算赶上了车。司机师傅说，再晚五分钟他就直接走了，爸爸连忙道歉，我赶紧上车。车上好位置已被抢光，只剩最后排左边靠窗的位置了，我坐过去，暗叫不好，向右的倾斜角度恰好让我的腰处于一种极难受的状态。高三时，我奇葩的读写姿势造成腰椎侧弯，高考第三天，强撑着考完物理的我再也顶不住，一出考场就和爸爸妈妈直奔推拿馆，现在我的腰还因为做完正骨不时地刺痛。就这么歪坐着，到机场时我腰已经疼得快直不起来了。

昆明的天气远没有想象中那么炎热，太阳躲在山后不肯露面，天气阴沉沉的，冷风嗖嗖地刮着，气温勉强能达到22℃，我本想来昆明拥抱夏天，没想到和冬天撞了个满怀。

一到酒店我和刘博就瘫在了床上，商量着午饭该如何解决，我们迅速否定了出去吃的想法，决定点外卖。我们瞄准了一家云南菜，我点了两样，刘博也点了些，四样菜，一共才78块钱。

饭送到后，我俩埋头狂吃，谁也顾不上谁。菜的口味都特别好，雪花鱼其实就是酸菜鱼，凉拌米线酸甜咸香，我俩吃得满嘴是油，赞不绝口。

二

下午是自由活动时间，再三给雅雯打电话确认落地时间，确定她到酒店不会扑空后，我和刘博一拍即合：走，去逛博物馆。

来的路上那个司机师傅很健谈，操着一口云南普通话，从当代大学生就业前景，扯到古镇商业化，再到过几天的旅游热。末了，大概是聊得很开心，他让我按打车软件上的价格随便给。我说，那就13块钱吧！他很爽快地答应了。

博物馆于我而言并非只是文物收藏馆，它更像是一本摆在那里的书，静待人们去翻阅。我脚下的土地，被提取出一缕最精妙的魂，供后人瞻仰，博物馆就是这缕魂的载体，我们透过它，以它为媒介，窥探着千百年前的历史。

我们依序参观，从微生物看起，到人类直立行走，再到新石器时代、青铜时代、妙香佛国（唐宋），最后到元明清。我们仔仔细细地逛，逛到博物馆工作人员进馆清场还意犹未尽。

你不觉得每个地方的演变都像一支完整的歌曲吗？从浅声低吟到慷慨激昂，再到曲终平息。兴衰演替，朝代兴亡，在名为历史的作曲家谱出的乐曲中有规律地起承转合，直到它偶然乘兴，结束一曲，又开始一曲，那就又是另一个循环往复了。

青铜文明灿烂辉煌，但我总觉得辉煌的文明是由无尽的战争、严酷的制度堆砌起的城堡，金玉其外，败絮其中。但不可否认的是，它为人类社会的启蒙所带来的价值是无限的：灯台、扣饰、贮贝器……虽然我因为看不清细节，小声抱怨这里的物件也忒小了点，但是工艺的复杂、器具的烦琐还是一次又一次地让我发出了由衷的赞叹。

我最喜欢那个刻有战争场面的铜贮贝器。所谓贮贝器，其实就是古代的存钱罐。盖子是平的，给了工匠们发挥的空间：中间是一个骑青铜战马的鎏金勇士，周围是环绕一周的步兵，或立或跪，或手持长矛或肩披盾牌，勇猛威武。我们绕到背面，看到一个人跨坐在另一人的身上，手中的长矛直刺倒地那人的胸膛，制作者很仔细地涂上了红色颜料，来表现血流如注的场景。往一旁挪挪视线，你会发现一具空铠甲，往里看，有一个倒地的人，赤身裸体，没有头颅，根据墓葬介绍猜测，大概是被胜利者砍去祭祀了。

冷兵器时代的战争没有爆炸，没有战士灰飞烟灭。有的是流血漂橹，有的是尸横遍野，有的是获胜者系在腰上的头颅，有的是残忍的献祭仪式。

这些在我们看来极为凶残的景象，在当时来说却很寻常，这就是规矩，应该遵守。我们永远不能完全设身处地地与他们共情，我们绝不能对当时的风俗盲目崇拜，绝不容忍社会的倒退，人性的沦丧。

佛教在唐初传入云南，佛塔、塑像、观音庙迅速占领了这片沃土。南诏王在观音的帮助下即位的故事也成为美谈。

有一个大厅我印象极为深刻，前面是一排靠墙而坐的石雕佛像，厅中是各式的佛、观音、降魔杵，它们大多是用银制成的，也有些用铜，表面镀金或镀银，也有和汉白玉融合而成的银像。

我总觉得南诏人有钱，但又很小家子气，这一厅的塑像，没有超过巴掌大小的，都得凑近了端详，但越看越觉得老祖宗技艺高超，越看越觉得这片土地定不止我看到的这些，一定还有更加古老而神秘的东西等待我去探索。

三

从博物馆出来后，我和刘博直奔官渡古镇，去尝尝昆明最负盛名的鲜花饼。打电话给雅雯，她说自己刚到机场，我们想，飞机上难吃的飞机餐肯定不如新鲜出炉的鲜花饼香甜可口，于是给她打包回去了几个。

晚上，她抵达酒店，兴奋地朝我们飞扑过来，总算是汇合成功。这是我们认识的第七个年头了，初中时我们莫名其妙地看对了眼，天天黏在一起玩，陪伴彼此走过了初高中两个人生阶段。现在想来还是觉得神奇。

这趟旅行的决定不免有些仓促。高考前一晚，我在群里问：等我考完要不要去趟云南？两人彼时都已结束了留学英国的国际考试，正好在暑假假期。她们回复得很快：好！于是我们立马敲定了行程。

雅雯搬来小凳子坐在酒店的电视柜前，狼吞虎咽地吃我们捎回来的鲜花饼。我与刘博盘腿坐在床上，随意地和她聊天。我们交换着互相缺席三年的人生，聊到很晚很晚，就像初中时那样，话匣子打开，就再也合不上了。我当时就在想，希望我们的友谊一直像今天一样，像过去的七年一样，永永远远持续下去吧。

6.15

一

  一车人几乎全是高考完出来放松的考生，一群穿搭潮流、说着不同方言的年轻面孔，就这样巧合地聚集在这辆大巴车上。人与人的相遇真的靠缘分，哪怕错开一天、半天、一小时，你遇到的也不再是这群人了。

  来接我们的导游很健谈，不管后排的吵闹声有多大，中间的呼噜声有多响，也打消不了她紧握手中的麦克风，不停为我们讲解云南的故事的决心。

  云南历史悠久，与内地有金沙江天险之隔，交流不便，直到元朝忽必烈打到金沙江以南，这些民族才收归中央。

  昨天去博物馆，了解到段思平于937年统一南诏六国，建立大理国（《天龙八部》诚不欺我），结束了云南四分五裂的局面。后来纳西族教给忽必烈渡江的方法，蒙古的铁骑横扫大理国，至此大理国灭亡，云南收归中央，成为全国十一个行省之一。纳西族首领阿宗阿良因为用羊皮筏帮助忽必烈渡江，被封为首领。

二

　　西双版纳是美食之乡，那里的烤鸡和烤鱼的味道让我记忆犹新，与之相比，昆明便有些相形见绌，和美食荒漠差不多。自从昨天美美地吃了一顿云南菜后，今天伴随我的就是不停涌来的饥饿感，以及对昨天没吃完就倒掉的雪花鱼的想念。

三

　　上午我们去了西山龙门风景区，因为雾很大，导游怕下雨，就先让我们坐了上行缆车。坐着缆车看滇池，听着歌吹风，别提有多惬意了。
　　我总觉得，登山一开始不能太顺利太轻松，就像人生一样，否则等待你的就是下坡路。我高三时对这感触很深，之前的人生太过圆满，所以高三每一次考试的失利都像致命的打击。我只能适应下坡路的节奏，尽快调整心态，回到我该走的路上。如果要问我走回去了没有，这确实很难说，因为直到高考前我都处在迷茫中，而且现在成绩没出，一切都是未知数。

只不过考完那天，我问自己："遗憾吗？""不遗憾。""能接受一切可能的结果吗？""能。"这就够了。

因为先坐了上行缆车，所以我们看景点的顺序是反的。我们先从"魁星点斗"看起。魁星点斗，独占鳌头。我不知道该如何拜，只是拿出十二分的诚意，默念着理想的分数，希望它能送我去到我想去的地方。心之所向，无远弗届。

出门摸摸大鲤鱼，从头摸到尾，顺风又顺水；摸摸龙珠，鲤鱼跃龙门……我摸了个遍。

山路很窄很陡，要扶着身侧的石壁走，还好石壁被游客摸得油光水滑的，不硌手。

青蛇缠龟，意味着健康长寿。爸爸妈妈，我时隔四年再一次在云南为你们祈福，希望你们幸福安康。

最后是财神爷。秉承着"先发家致富，后低调做人"的原则，我先摸了他的金腰带——腰缠万贯，又摸了金鞋底。

虽是倒着游玩观览，我却觉得顺序刚刚好。金榜题名、父母安康、成家立业，精彩又圆满的一生。人总是追求圆满，殊不知只要平安健康，世上的每一瞬皆为圆满。

四

下午去了大理的"圣托里尼"，风景倒是不错，就是到处都是拍照的人。我有时不明白，这样的景点意义何在，既不像西山一样寄托着人们美好的愿景，又不像玉龙雪山一样拥有摄人心魄的美景。

出来玩，不仅仅是为了发那一两条朋友圈的，而是要全身心去感受，感受刹那风华，感受人与人、人与自然之间的连接，让你从满身风尘、疲惫不堪的生活中解脱出来，体会生命的另一种可能性。

美景是充电桩，灵魂是数据线，肉体是电器，有效的放松会让我们电量满满，满怀信心地迎接下一个挑战。

6.16

一

　　五点半起床真是伤不起，可今天是要去爬雪山呀，所以一起床，困意就一扫而光。

　　特意在酒店吃了很多东西，因为真的很怕走着走着，肚子咕噜一声，在严寒的雪山上，那太致命了。

　　总算懂得了英语"七选五"一题里的那个巴黎人为什么吃水果不多，因为水果好吃到不需要吃那么多来满足口腹之欲。

　　云南的水果也是如此。我本来肠胃不好，但是云南的葡萄、西瓜、哈密瓜让我冒着肚子疼的风险毅然决然地吃完了一整盘。

　　当甜得像蜜一样的葡萄带着冰凉适口的温度在嘴里炸开时，我完全可以想象到汁水飞溅到牙齿上的画面。瞬间，我明白了"浆果"一词中的"浆"字从何而来。

　　坐在去往玉龙雪山的车上向窗外张望，远处是被雾遮蔽的山峦，开始时我们并不知道后面是山，满眼的雾，只堪堪露出一抹泛着青色的地平线，让我误认为车子驶进了原野。

　　直到云开雾散，一道金光划破云层，露出了雪山山顶，只有山顶，像浮在天际，圣洁不可侵犯。积雪反射白金色的阳光，勾勒出山巅的形状——日照金山。金边遥远，触不可及，但又好像就在身边，在我身边像阳光一样耀眼的她们的身上，在我心里。

导游很激动："贵人到，雪山笑。你们真是幸运！"

幸运，是我很喜欢的一个词。在努力的衬托下，幸运反倒没那么纯粹了，有了些投机取巧的意思。努力和幸运不应分家，幸运是努力后随成功同步而来的奖励，是锦上添花。

我从不觉得我在透支运气，我认为一切的幸运都是我努力的附加品，像刨冰上最甜的一勺蜂蜜。

越努力，越幸运。这句话我听两个人说过，第一个是我的父亲，他在我埋怨命运不公时让我心境平和，第二个是我的班主任，他在我士气低迷时让我重整旗鼓。我想，我大概是和这句话有缘分的。

雪山不好爬，每一步都走得无比艰难。我腰不好，上次检查还出现了心律不齐的症状，每上一个台阶都伴随着剧烈的胸闷气短和头晕，即使抱着氧气瓶猛吸也无济于事。

偏偏风也不静，狂风将栈道吹得吱吱作响，剧烈的抖动从晃动的木板一路激荡到脚底，感觉下一秒钟栈道就经不起疾风吹拂，尽数散架了，我被吓得毛骨悚然，分不清背后的汗究竟是因为登山，还是因为害怕。

"高反"接踵而至：腿酸痛，呼吸变得有些困难了。四周是黑压压的山体，没有雪，积雪只有山顶有，因为气候变暖，山腰已没有雪的踪影了。

我一鼓作气地往上爬，尽量不去理会劝我偃旗息鼓的阴沉的山，夹杂着雪的狂风。我常抬头看向数百米开外的胜地，那片白得反光的山顶。

爬上去那一刻，看到4680数字的那一刻，真是百感交集，对自然的敬畏，对美景的感慨，对我没有放弃攀爬的感谢，悉数袭来，感谢我的身体带着我的灵魂，站在了山巅。

如果每个人的一生都有那么几个高光时刻，那我很肯定，这是我的生命闪耀的时刻。

为什么要努力攀登？为什么要锲而不舍？因为山顶的风景真的与众不同。回首是广阔浩荡的云海，抬头是近在咫尺的雪山，仿佛一伸手就能触碰到终年不化的积雪。

我们真的很幸运，在合完照的一刹那，云雾又笼罩了山，重新变回了白茫茫的一片。

我们很知足，原本坐大索道上山时四周除了云雾别无其他，我本以为会乘兴而来，败兴而归，但是老天没舍得让我失望。我以十二分的敬意去朝圣，他拿十二分的诚意来款待我。

二

蓝月谷的景色固然美丽，但见过雪山上壮阔的景致后，看什么都差了点意思。蓝月谷的湖水是晶莹的蓝色，如同掉落人间的蓝宝石一般，与玉龙雪山构成了一幅绝美的山水画。

丽江宣传真是做得到位，将《丽江千古情》标榜为一生必看的演出。虽然我知道这种民族特色的地方表演肯定不比国家剧团精心策划编排的舞剧，但是我没想到会差这么多，简直把我的审美放在地上摩擦。

剧情碎片化，尬得没话说，看到最后我直接放弃了。配乐非常跳脱，好像直接从哪个网站扒下来的一样。全程靠特效撑着，好像没了特效不会讲故事一样。舞蹈演员动作松散，力度不足。一言以蔽之，就是大失所望。

云南纬度低，最近又正值夏至日前后，日光空前毒辣，再加上云南玉溪又是"云烟之乡"，所以当地人格外爱抽烟，即使抽烟少的外地人，来云南也要买两包尝尝鲜。这就导致我的眼睛每天都在太阳的灼烧和烟熏火燎下火辣辣地疼。找雅雯集合前，我先拉刘博去买了眼药水。

一出药店，我们看着骑共享单车优哉游哉晃过的两人相视一笑。半分钟后，我俩一人一辆小蓝车，驶在了晴空万里、白云如画的丽江城里，凉爽的风不住地将我们的裙摆吹起，头发随晚风在耳后拂动。我们就这样一路骑到了古城。

有那么一瞬间，我好像穿越回到了几年前，我们那时还没有这么高，穿着初中校服，当时也是如此，一前一后，一人一车，谈天说地，笑声朗朗。初中的日子再也回不去了，幸好，我还有你们一直陪在身边。

三

  古城的天真是让人美到失语，尤其是当我们抹着嘴角的油，从腊排骨火锅的味道中慢慢找回失掉的神时，眼前的云一路艳烧到天际，点亮了整座城。

  本想到丽江古城的酒吧里点上一杯清酒，安安静静地坐一晚上，谁知古城的夜景比酒更令人陶醉。我们穿梭在街头巷陌，行走在人山人海，我们好像和身边的每一个人都没有太大关联，又好像和擦肩而过的人有着千丝万缕的联系。

  我们没有隐匿在人群中，古城中的任何一个人都没有，我们像一个个平行宇宙，在跨越几千光年的距离后偶然相遇，每个人依然是自己宇宙的中心天体，炽热滚烫地发着光，一个人的光不会掩盖，亦不会吞噬其他的光。我们每个人都在燃烧着，光芒耀眼得令人无法忽视。

  回酒店的路上，晚风鼓起了我们的衣服，也填满了心中那个闸口，那个渴望自由，却总也塞不满的闸口。

6.17

一

今天，我们离开丽江，出发前往大理。路上，大巴车停下来留给我们上厕所的时间，厕所边就是剑湖。

连续几天的阴雨后，天终于放了晴，天是湛蓝色的，我从没有在淄博见过这么蓝的天，太阳照得一切都亮闪闪的，不戴帽子和墨镜，眼睛不一会儿就被闪得无比酸痛。远处的青山，在波光粼粼的湖上岿然不动，民居一团一团地卧在水边。

我掏出手机，拍了张照片，群发给朋友们。"这是哪儿这么好看，我也想去！"我淡定地回复："路上的厕所。""什么？！""厕所也这么漂亮？""云南好美。"我开心地浏览着他们发来的艳羡的话，满意地关上手机，趴在发烫的石栏上，抬头看着美到极致的景色。

二

大理以它的风花雪月四景而闻名遐迩：下关风，上关花，苍山雪，洱海月。曾经我对大理的印象是地理试卷上抽象晦涩的海陆风和山谷风的叠加，是云贵高原上受不到冬季风侵袭的四季春城。

这次得见，美好依旧，与此同时，当它将自己的美丽尽数展现在我面前时，我有了一种更具体更真切的体验。

我们在码头等待船票时，有几位穿着白族服饰，手拿衣架的老奶奶问我们编不编小辫，衣架上是五颜六色的花绳，厚厚的一层。

她说十块钱可以编六根，而且可以洗澡。好吧，当我唯一的顾虑被打消后，确实没什么可犹豫的了。看我落座，刘博和雅雯也都走来编起辫子。几分钟后，我们三人便一人顶着一头五彩缤纷，在双廊古镇上快乐地走着。

我们并不着急，边拍照边溜达，没有明确的目的地，没有迫切要吃要买的东西，时间也很充裕。

上次这样没有压力、随心所欲，大概是高考前那次出逃青岛。当时天气不算炎热，甚至有些冷。

我并不喜欢料峭的春，也不喜欢转凉的秋，更讨厌酷寒的冬，四季里，我与夏的缘分说不清道不明，我们相伴相生，我是一季的花。夏天来我开，夏天走我败。就像加缪说的，我的身体中好像永远有燃烧不尽的夏天。

因为阴冷的天，去青岛的那次，并不全是愉悦的回忆。但这次，我能感到夏天在我身体中熊熊燃烧，噼啪作响。

我面朝洱海，展开双臂，仿佛这样就能将夏天尽数拢入怀中。微腥的海风迎面吹来，霸占了我的鼻腔。远处，白色的鸥鸟在安静地滑翔。小岛将海面遮住了大半，岛上树木青葱，绿树如烟，显得海天更加蔚蓝澄澈，蓝得好像要滴出水来。

走累了，我们就随便挑一家小店，看着牌匾下挂着的琳琅满目的菜单，苦苦思索。我们想尝些稀奇古怪富有当地特色的，我看着菜单挑了几样没见过的：饵丝、烤乳扇。味道都出奇的好。

我往饵丝的汤里加了一勺辣椒，酸辣伴随着软糯 Q 弹的饵丝吸溜一下就钻进了嘴巴，香味直冲天灵盖。

烤乳扇就更绝了，有句话是这样说的：云南十八怪，牛奶切成片片卖。烤过的乳扇裹上一勺香醇的蜂蜜，一口咬下去，奶香，蜂蜜香，完美交融。蜂蜜因为被加热而融化，晶莹如琥珀的蜜汁不停地往下流淌。我们本想先拍个照，结果拍照速度赶不上蜂蜜融化滴落的速度，我们作罢，一人一口解决了乳扇。第一口下去，雅雯惊叹道："天哪，这里面该不会加芝士了吧。"

往前走几步，有卖饵块和包浆豆腐的，我们各买了一份，用签子分食。饵块只能一人一口，一人咬完递给下一个，整个过程一言不发，空气中只剩下吸溜和咀嚼的声音，有种难以言喻的默契。

饵块是糯叽叽的米饼，里面裹的东西我们说不上来，香脆的口感让我们一致认为是土豆丝，香香辣辣。

　　包浆豆腐盐味稍淡，但料汁的香辣依旧出彩。饱满小块的豆腐和着香辣的酱汁，躺在纸盒里油光发亮，牙齿轻轻一压，内里柔嫩的豆腐便尽数泄出，烫得我们试图张嘴灌些凉风进去中和食物的滚烫，可当签子拿在手里时，还是忍不住一块又一块地送进嘴里。吃完，刘博感叹道："我没想到糯叽叽的东西和咸味竟然融合得那么好。"

三

　　稍后我们漫步回码头，乘船去了南诏风情岛。迎接我们的便是高大健美的"沙壹母"雕像，袒胸露乳，仅用水草遮羞。高大健壮的形象彰显了她一胎生十子的神母威仪，周围是她的十个孩子。

　　我们绕过塑像群，往三角梅走去，花开得正好。粉色的花海顺着走廊和大理石门框延伸到半空，与绿色的海洋交汇重叠。我们顺着走廊走在花海里，好像走进了《千与千寻》中的隧道，只不过没有那么黑，也没有那么让人恐惧，我们带着欣喜和对未知的探索雀跃地走着。

　　离开时，我在前面带路，走得比较快。雅雯在后面偷偷抓拍。她说选了好几张，终于找到一张我正抬腿迈步动态十足的照片，我愿称之为今日最佳，她一发过来，我就设为了新壁纸。

喷泉塑像往左走是洱海畔，往右走是绿树四合的山。风景各不相同，各有各的美。相同点是，这两个地方都很出片。

我和雅雯拿出专业摄影师的派头，指挥着对方摆姿势，照片拍了一张又一张。在车上整理照片时，我打开最近删除，一边往下划拉一边指给她看："这只是今天的废片。"她看着划不到底的照片，笑得很开心。

其实和许久未见的老友出来玩并不在乎去了哪儿，吃了啥。重要的是感觉，是那种缺席了彼此的一小段人生，再次相聚，共同欣赏同一片风景，分享同一个话题的喜悦感觉。

四

下午，我们去参观了南诏宰辅的府邸。门口是一只石雕貔貅，没有肛门，只进不出，为主人招财进宝，驱邪挡煞。正当我绕到貔貅身后，试图弯腰看它到底有没有肛门时，讲解员打断了我的好奇："从头摸到尾，顺风又顺水，从后往前摸，便可扭转乾坤。"话毕，我赶紧直起身，默念"对不起"，伸出手摸了摸这小灵兽。

"三坊一照壁，四合五天井"是白族民居最基本的建筑格局。照壁外是对主人的介绍，我们参观的照壁外刻"南诏宰辅"四个大字，彰显着主人董成显赫的身份。

门口的飞檐也很有讲究。石质飞檐分为三层，雨水要顺着屋檐的沟壑流三次，才能到达地面。在白族人眼中，水可生财，飞檐能使水流入自家庭院，使财不外流。此外，檐上浮雕着一凤一龙，凤在上，龙在下，表明家中是女人当家。即使到现在，在云南大多数民族都被汉化的情况下，许多人家还是女人当家。

石雕下是更加繁复的木雕，在岁月的洗礼下，褪去了浅淡的原木色，深红色的光泽向我们诉说着它见证的历史，这历史无声，隐藏在被工匠一笔一画刻出的纹路里。我忍不住驻足观看，越看越觉得有味道。

在我们抬腿跨过门槛时，讲解员特别提醒我们："大家注意不要踩到门槛，那样会阻断主人家的财路，他们会不高兴。"听罢我提起裙摆，小心翼翼地抬腿跨过。

照壁的中心嵌了一大块大理石，镂刻四种职业的人，最上方是读书人，和宰辅的家训很契合："万般皆下品，惟有读书高。"并且最上方还有一条笔墨纸砚的浮雕，足见对读书取士的重视。最下面是渔夫，在佛教中，杀生最为人所不齿，云南又是三教并存之地，信仰佛教的人不在少数，所以渔夫居下。左右两侧是樵夫和农夫，皆被釉色涂抹得栩栩如生。

我不知道这精美的壁画浮雕是原本如此，还是精心修复过,但这不重要,我们欣赏到它们的美,偶然窥见那个时代的一些神韵,这就足够了。 这些宝贵的文物,大概就是我们和那个时代唯一的连接。

院落的朝向也有讲究。 北方的房屋坐北朝南,而大理白族民居坐西朝东。 西靠苍山,东临洱海,后有靠山,前有财路。 太阳当空时,阳光被照壁反射,一天之中,三间堂屋都是亮的,完美解决了采光问题。

白族崇玉,家中几乎都摆有玉白菜、玉貔貅。 取谐音梗:家有白菜,家有百财。 还有女子一生,要有三只玉手镯,寓意各不相同,总归是祈愿平安顺遂、幸福安康的。

出行之前,我曾和朋友闲聊。 他说他并不想来云南,觉得这个地方偏僻落后。 我一开始也这样想,抱着赏景游玩的心态来到这里。 可是这里的文化不逊于我去过的任何一个地方,丰富多彩,令人惊叹不已,获益匪浅。 这里的人民和其他地方的人一样谦逊守礼。 这里的小吃美食可以和我在任何一个地方吃的东西相媲美,甚至远远超过。 扎根在这里,感受当地的美景,和当地人交流,让自己完全沉浸其中,才能真正体会到东巴文化的古老神秘。

五

我们跟随导游走进侧门,来到一处相邻的院落。 院子周围挂满了蓝白相间的布，白色的底布上勾勒出不同的图案。从水中嬉戏的游鱼，到天空翱翔的飞鸟，再到优雅神秘的白狐，灵动可爱的身躯跃然布上，这就是我们今天要体验的白族扎染了。

我选了蝴蝶样式的布，交给白族奶奶，她先缝上几针给我打样。然后我接过来，依葫芦画瓢地缝完，交给一旁等待的白族姑娘，她利索地收起布，交给染坊的奶奶。只见染坊的奶奶先将布浸湿脱浆，再甩干，之后把布丢进泡有板蓝根的纯天然染缸中搅动几下，静等奇迹的发生。

板蓝根就是用作中药的板蓝根，怕游客不信，他们还特意在染缸前种植了一排板蓝根，并很细心地标注了"板蓝根"三个大字。我们低头去看没有被制成颗粒的板蓝根，宽大的叶，翠绿翠绿的，和寻常植物没什么区别。但是染缸里颜色深蓝，还散发着阵阵恶臭，让我们只可远观，不可亵玩焉。

从染缸中被打捞起的布被随意搭在隔板上，一开始是鲜绿色的，在空气中氧化后慢慢变成天青色，再变成和一院子布匹相同的蓝色。上色的过程很快，当我掏出手机，打算录个像时，它们已经尽数氧化成了深蓝色。导游解释说："青出于蓝而胜于蓝就取于此。"

我取到自己的带有些许臭味的染布，将线头一一拆开，拆到一半我就坐不住了，我没那么多耐心，找好位置，扯住两角，使劲一拉，线头崩裂的声音如烟花一样，一点一点在院子里炸开。展开铺平，眼前就是一只翩翩飞舞的蝴蝶。其他人看到我的"暴力"拆线法，均恍然大悟，纷纷效仿，一时间，满院子都是线头崩裂的声音。

虽然自己并没有参与制作的全部过程，甚至连缝线都有奶奶的"辅助"，但是我们体验到了创作一件艺术品的雀跃，这种感觉无可替代。

六

我们今晚宿在洱海边，我们的房间在十七楼，能清晰地俯瞰洱海，平视苍山。下午六点钟的太阳依旧毒辣，天丝毫没有要黑的迹象，太阳热烈地燃烧着，舔舐着亮闪闪的海水，苍山的颜色呈现出远近不同的淡青色，在热浪的包裹下疯狂扭曲着。我怕眼睛被烈日灼伤，不敢盯着窗外看太久。

套房里有两间房，只有一间能清楚地收览洱海全貌，而且有大飘窗，窗外就是涌动的洱海和飘动的云。我们三人挤在这间房内，我和刘博躺在床上，雅雯靠在靠近飘窗的懒人沙发里，我们都不说话，安静地做自己的事。

太阳迈着轻快的步伐走下西山，直到浅蓝色的天像被倒入了黑色的墨，被均匀搅拌成粥一样浓稠的夜。窗外的天空瞬息万变，每个瞬间都是独一无二不可复制的孤品。我们偶尔扭头看看窗外的天蓝成什么样子,发出一两句感叹,就赶紧收声,都不忍破坏这难得的宁静。 和步调一致的人一起,不用刻意找些话题,就足够让人觉得舒适。

  我和雅雯的房间那扇窗户坏掉了,窗子开了一夜,风不停地往里钻,风声彻夜未歇。 我们枕着风入眠,又被风唤醒。好在被子足够厚,一直稳稳地把我箍住,我为了留住被子里舒适的温度,难得没有踢被子。

6.18

一

此行去了三个古城，今天是最后一个——大理。

我们并不着急，慢悠悠地走到城门，登上城楼，北望苍山；又慢悠悠地在非洲鼓店前驻足，聆听一阵鼓音；然后慢悠悠地晃进酒店，蹭几杯桂花、桃花酿；走在街上招猫逗狗，小声吐槽着廉价的酒精味道。

玩累了就走进博物馆，我看见碑林就走不动路了。 走走停停地看完了院内赤裸不加任何保护的石碑，上边镌刻的大都是一些墓志铭，描述着主人生卒何年，功绩几何，没什么意思。 经数百年风化，字迹不易辨认，我走马观花，并没记住几个碑主的事迹，只是惋惜漫失的石刻。

我一边为这些石碑叹惋，一边转到中间的亭子前，亭子里是用玻璃保护起来的《词记山花》，明代杨黼作，前半篇题咏美丽的苍山洱海，后半篇抒发文化交融时期士人普遍的不得志和迷茫。 这是我看石碑前的介绍得知的，具体怎么写的我并不知道，玻璃反光，石碑上刻的文字我通通看不清。

我找了一块空地，坐在石凳上，静静地听播报器中的男声——用白族方言朗诵了一遍全诗，我听不懂，只觉得语言婉转，韵律丰富，带有少数民族地区特有的美，悠扬神秘。

如果杨黼知道六百多年后，一个汉族姑娘坐在亭前静静地听完了他的诗，还有络绎不绝的人前来瞻仰那尊看不真切的石碑，大概会感到宽慰吧。我们也许看不见，也听不懂，但起码，我们知道六百多年前云南有一个诗人叫杨黼，他写了一首诗，诗名为《词记山花》。

二

我们往回走，去吃期盼好久的过桥米线，可惜的是，料少，米线硬，只有汤鲜美好喝，云南米线彻底给我的味蕾蒙上一层阴影，让我直呼，回家后要吃一万次"过桥缘"来治愈伤痛。

出古城时，门口有许多推着小推车卖水果的摊贩，我随机问了一个："蓝莓怎么卖？"他眼睛顿时放光："十块钱两盒。"我也两眼放光："来两盒。"提着蓝莓，我心里止不住地高兴，在我们那儿，这两盒个大又甜的蓝莓少说也要二十块钱。我拍下照片，群发问朋友们："猜猜多少钱?"他们得知价格后，呼天抢地，哀号一片，纷纷后悔怎么没和我一起来云南。

三

旅程到此结束，接下来就要乘动车返回昆明等待值机了。我们仨心照不宣地在酒店待了一上午，追剧听书，倒也乐得自在。有时，和朋友一起并不需要刻意寻找什么有意义的事，一起浪费时间也很幸福。

我一直觉得，人与人之间相互理解是世界上最困难的事。我们不在一个家庭成长，彼此的经历截然不同，没有别人引以为傲的优点，甚至还有羞于启齿的缺点，甚至我们看到同一场日落的心情都会不同，但我们就是这样，莫名其妙地，成了好朋友，我们无话不谈，我们分享喜悦，我们借着彼此的眼睛看月亮。我们的友谊已经持续了七年，如果可以的话，我希望它永远不要结束，我们的友谊，万岁！

四

我出门玩很少买纪念品，实在喜欢得不得了才会掏钱。我朋友总说我铁公鸡，可你见谁家的铁公鸡会捡石头的？这次再来云南也延续了一贯的优良传统：走到哪儿捡到哪儿。

我在玉龙雪山下拾了三块石头,又在洱海边挑了两块。

这是我第二次到云南,无论西双版纳、昆明还是大理,它们带给我的感受都独一无二,三言两语无法说清,我总觉得我和这个地方羁绊很深,比如上次我在帐篷外看星星,顺手抓了一块石头塞进包里,四年之后,我又回到了这里。

带走一个地方的石头,在我看来是一件神圣的事,我带它们飞越半个中国,安置在我家,单看这个过程就觉得十分奇妙。 我相信手边的小石头会指引着我,带我再回到这个美丽的地方。

11

纪念

一个人的奇怪看起来是在发疯,
但一群人的奇怪那就是青春。

2023.7.15

一

我看着周围叽叽喳喳的人，忽然有种奇妙的感觉，好像我们是结伴去春游的小学生一样。我想，这次大概算是毕业旅行吧，纪念我们一起走过的高中三年，这三年的时光中有泪有笑，有挣扎有喜悦，我们无数次地说起不愿再回忆痛苦的高中时光，可当高考结束，美好的回忆还是尽数将我们淹没。

检票时，我们一起录了一段转场视频，引得排队的人侧目。悦悦说她害羞，坚持要站后面，熊本熊在前面举着手机，我喊一二三，我们几个录了好几遍，最终保留了最后一次的。那次我们都笑得很放松。熊本熊事后愉快地翻阅着视频，边笑边说，真"社死"啊！

上了摆渡车，我神秘兮兮地让大家都凑到镜头前，以迅雷不及掩耳之势按下了快门，留下一张五个人巴头探脑的照片。

这大概就是和朋友出门玩的好处，他们懂我的奇奇怪怪，也愿意陪我奇奇怪怪。一个人的奇怪看起来是在发疯，但一群人的奇怪那就是青春。"青春"两个字读起来就让人感觉放松自由，它看起来就像在伸展着双臂，拥抱着远方的落日和潮起潮落的海洋。

二

我们此次乘坐的是山航的航班。飞机延迟了半小时才起飞，但是刚上飞机时，广播播报预计12：45到达桂林，和正点落地时间别无二致，睡了一觉起来，广播又说12：40到，最终我们12：30提前到达，我看着手机上跳出的时间，感叹着，原来山航并不是古老的传说。

飞机着陆在一个群山环绕的坝子上，周围是山，中间是碧绿的原野，我当时偏头和焱焱说："只有当我看见原野里流动的水时，我才觉得我在南方。"水是南方人的眼眸，伏旱时含情脉脉，梅雨时眼波流转，潮起是它汹涌的愤怒，潮落是它黯然的失落。水永远不会从南方消失，它就像是守护神一样，驻守一方平安。

三

我们两点钟才到酒店，桂林天气很热，和淄博差不多，还好不时有风送来，便觉得酷暑没有那么难耐了。

桂林城区修缮得并不完美，一点也不见旅游城市的派头，到处是灰蒙蒙的老建筑，路上也没有电动车，马路上的车辆顶着烈日完成一次又一次属于它们的马拉松。悦悦说这里和淄博很像，连美食街都像复制粘贴的一样。

最近网上很流行 City Walk，熊本熊是 City Walk 的好手，但他似乎没有意识到，我们的身体素质经过高考后一个月的空调、西瓜的洗礼，已经下降到不可想象。从叠彩山到烧鹅店，再从东西巷到正阳步行街，他在前面领路，我们默默地排成一排，在树荫下缓行，像被霜打的茄子一样。我们在烈日下暴走，身上的毛孔好像开了闸的水龙头，不停地出汗，衣服湿了干，干了湿。头发粘在脸上，黏糊糊的，好像湖底缠住人不放的水草。

叠彩山不过区区两百米高，我们爬得汗流浃背，我时不时地叫停喝水。周围是连绵的群山，层峦叠嶂，浓淡不一。回望时，我好像突然明白了为什么文创店卖《千里江山图》了，这确实和画上一模一样。而眼前所见更具魅力，轻晃的树木和翩飞的蝴蝶，增添了些动态的美，画能捕捉群山的色彩，但描摹不出蝴蝶振翅时轻微的翕动。

我们远眺漓江，骄阳似火，江水不太深，河滩在烈日的照耀下闪烁着白色的光，江心可以看到三五颗浮上浮下的头，似乎一起身就能在水里直立行走。水是蓝色的，波光粼粼。如果河流有生命，水波一定是它跳动的脉搏，鱼群和昼夜不舍的水流则是它流动的血液，而水上嬉戏纳凉的人，大概是它绯红的腮。 有了人气,漓江才活着。

四

  下山之后大家的胃都感到了前所未有的空虚,对水的渴望让大家闷头狂走,一路走到市区的饭店。 我们在营业开始前赶到,上楼后看着菜单喝了一壶水后,撑着脑袋坐等上菜。

  烧鹅肥而不腻,表皮烤得呈现出漂亮的玫瑰色光泽,很酥脆,将牙齿与皮下一层饱满的油脂恰到好处地分隔开,牙齿破开表皮的一瞬间,油就像水一样轻柔地包裹住齿舌,接着是汁水丰厚的瘦肉,嚼劲十足,蘸上一旁的酱汁,肉和酱好像在口腔中发生了某种奇妙的化学反应,俘获着我们的味蕾。

  竹荪加冬瓜、胡萝卜、鸡肉和猪脚一起炖,汤清澈见底,丝毫没有肉腥,扑鼻而来的只剩鲜香。 我一直觉得我平等地憎恨每一种菌类,但没想到竹荪不一样,我一碗接一碗地喝汤,竹荪被我嚼得嘎吱响。

  最特别的当属什锦水果,百香果和柠檬做底,切一些当季水果,再撒上辣椒粉,又酸又辣。 水果的清甜不仅不会被调味喧宾夺主,反而被最大程度地激发出来。

  我们刚从山上下来,每个人都很想喝水,一瓶大麦茶被我们传来传去,茶水添了一遍又一遍。 吃饱喝足,我们还赖在店里不肯走，聊着封校期间小鸟一晚手洗八件衣服的传奇。

五

东西巷和正阳步行街只隔着一条解放路，我们在步行街晃荡，周围满是小吃摊铺，我们从天刚擦黑遛到深夜，直到脚酸得难受，才躲进服装店吹空调，坐在街边随意摆放的椅子上放松双腿。

返回酒店要坐公交，可不知从哪儿涌来那么多电动车，一波接一波，似乎永远不会止息。正为难间，车来了，我们不得不鼓起勇气穿过车流，跑向公交。

这里的公交是双层巴士，我们下午时觉得新鲜，说返回时一定要去上层感受一下，现在累得只想找一个空位瘫在上面，直到天荒地老。公交车上冷气开得很足，我舒服得昏昏欲睡，一放松就坐过站了，他们给我打电话，问我怎么没下车，我说坐过站了，接着就听见那边哄笑的声音。

我在下一站下车，走着回去，刚好路过红街。和中午时看到的景象截然不同，广告灯牌成片亮起，人行道不知被走过多少遍，黑石板被磨得油光锃亮，板面上倒映着五颜六色的灯光，脚下似乎另有一番天地。

人行道上的人络绎不绝，他们穿着干爽飘逸的衣服，衣摆被风轻轻带起，我这时才明白，这里并非空城，这里的人们遵循着他们自己的时间准则。每当夜幕降临，热风转凉时，他们才会出来享受桂林的夜生活。这里的建筑并非蒙尘，而是缺少足够穿透尘土的亮光。

桂林城像极了《千与千寻》里只在夜间散发光彩的城市，白日平平无奇到几乎被人忽略，但夜晚灯火一起，亭台楼阁、群山万座都隐入夜幕，满眼都是流光溢彩的店铺和密密麻麻的行人，深吸一口气，空气里桂林米粉的香味沁人心脾。

虽然坐过了站，但我反而很高兴，我有更多时间在晚风里漫步，和这座城市说说话。City Walk 并不只是锻炼身体，它是一次人与城市的浪漫约会，参与者无目的地走，就像初识一个人，迂回曲折地向他提出问题，走着走着就有了答案。

7.16

一

太阳很毒，戴墨镜站在有棚子遮挡的检票口处才觉得没有那么刺眼，我们拿着船票，站在江边，风一阵一阵地吹来。熊本熊说这风咸得好像海风。我倒觉得江风没有海风那么强势，能将鱼虾所在的河道告知渔民，能将满岸的绿色吹得婆娑生姿，能恰到好处地为游人送来桂林的夏季。

我第一次坐这种长时间的江上游轮，处处都觉得新鲜。游轮分为三层，最上层是露天甲板，能360度饱览漓江风光，但是非常晒，即使有不可错过的景点，人也不多。中间是商务舱，外面有个遮阳的甲板。最下层是经济舱，但皮沙发、长桌、平板一应俱全，窗外就是江畔美景，而且冷气开得很足。

我们一上船就窝进了自己的座位，在茶水上桌前，就往面前的茶杯里倒满了漓江清啤，虽然酒精度数不低，但喝起来很清爽，麦芽味没有青岛啤酒那么重，而且很甜，一入口就能感受到甜味。我们各抿一口，惊喜地抬头："还挺好喝的！"

作为山东人，从小在家里堆放的成箱的青岛啤酒中长大，就算很少喝，也十分熟悉青啤浓厚醇香的味道，与青啤相比，其他啤酒都差了点味儿。好喝，绝对是我们对外地啤酒最真诚的赞美了。

引擎发出阵阵轰鸣，在汽笛的声音中，江轮缓缓离开码头，向江心驶去。即使是顺水航行，船速也不算太快。两岸青山连绵，江水清澈见底，趴在船舷上看，甚至能看到江心浅滩上五彩的鹅卵石，天空清澈得没有一丝杂质，万里无云；蓝天深邃得如同海洋，成群的飞鸟掠过，就像在海里游弋的鱼；白色的游轮变成了倒悬在天际的云，我们是云上摇摇欲坠的雨滴，一不小心就会跌落云端，跌进湛蓝的海。

桂林的山大多不高，一两百米的高度很常见。大自然是个合格的园丁，它将群山修葺得齐整又错落有致，它在石山上播下种子，一丛一丛的绿意就随意地在岩石上绽放。

广播里播报着一些比较知名的景点，我们听着，有好看的地方就到甲板上抢占好位置，一览美景。

九马画山是一处刀削般的石壁，白色的岩石裸露在外，点缀着几丛植物。船走到山脚下才发觉它竟那么高大。"大石侧立千尺，如猛兽奇鬼"说的大概就是这样的景致吧。

苏轼写的并非桂林山水，但文字有普适性，走到一个与记忆中的书本贴合起来的地方，那些曾经挠着头也背不下来的内容，就那么自然而然地浮现在眼前。我并不是一个热衷语文学习的人，将那些美丽的诗文塞进教科书的某个章节对我来说是一件残酷的事，我不喜欢死板的诗，我觉得文字就该自由，该狂放，它应该浮于山水间，它应该游于天际。

我看着抽象的石壁，愣是一匹马也找不出来，我问他们，他们也都摇头，周恩来当年游江时一口气找出九匹，我们五个人愣是凑不出他老人家的三分之一。于是我们适时地鸣金收兵，回去继续分那罐酒。我们没有祝酒词，胡乱碰杯一饮而尽，祝酒词一般都是敬人的，我更想敬山水，敬这秀美奇崛的桂林。

将近饭点时，广播里说二十元人民币的取景地到了，刚才还人满为患的船舱一下空了。甲板上人们举着二十块的纸币，对着同一个角度拍拍拍，拍完了就喜笑颜开地去吃饭。我和熊本熊认真地评估着哪个角度拍出来最好看，我们拍完不过短短几分钟时间，船过险滩，右岸一丛茂盛的凤尾竹被山挡住，我们留恋地又看了一会儿，转身才发现甲板上人已经走光了。

吃完饭之后我们收拾桌子，开始打牌。我以前没玩过炸金花，玩起来发现自己手气还不错，前两把一把同花，一把顺，赢得盆满钵满。他们说我手气好，我说这大概是新手福利吧。

二

小憩片刻,眨眼已到了阳朔,我们乘坐电瓶车前往遇龙河。然后换乘竹筏,一船七个人,船夫在船头撑船,他把十几米长的竹竿垂直地插进水里,顶住河床的石头,推着船往前走。

我们看他撑得轻松,摩拳擦掌都想试试。轮到我了,我努力把竹竿往下压。河水像跟我作对似的,不让我压下去,在船夫和大家七嘴八舌的指导下,我把竹竿竖着破水而入。我努力掌握好平衡,避免掉下水去,然后用竿探底,够到河床后一推,水流接着就把竹竿吐上来,长长的竹竿卡在船底动弹不得,竹竿带起的水沥了我一袖子。船不仅没往前走,甚至还在风的作用下转了个圈,好像在嘲笑我的撑船技术。

我摆摆手,累得坐回座位,专心赏景。微风吹过,水波荡漾。阳光被船篷切断一半,我的一半身体在光下,不一会儿就被照得暖烘烘的。一旁的游船上,几个乘客干脆脱了鞋袜,将脚伸进温热的水里。小孩子举着崭新的水枪,将枪头伸进水中,灌满"弹药",向其他船只发起攻击。

三

银子岩是个大型的溶洞群，钟乳石如帷幔一般从洞顶蔓延到洞底，在灯光的照耀下散发着雪白的光，像银子一样。

小时候我以为溶洞里的光是岩石自然散发出来的，所以每次进溶洞我看的不是堆叠的石头，而是绚丽的灯光。现在我看石头比较多，但总觉得没有灯光的映衬，石头好像就少了灵魂。

洞里除了银子般的岩石，还有擎天柱、孔雀迎宾……人们根据自己的想象力赋予了这些石头不同的意义，但忽略了钟乳石也在"生长"，水滴落在岩石上，会生长出新的石头。出口处有一块被命名为"冰激凌"的石头，雪顶上怪异地突出了一角，直指云天，它好像并不打算停下生长的脚步，好像要一直生长，直到如擎天柱一样触碰顶部。

进洞时有凉风拂面而来，越往里走，洞内越潮湿，水像有磁铁吸引一样执拗地沾在人身上，走的时间越长，身上被水汽打得越湿。

四

我们先在阳朔西街吃饭,啤酒鱼是当地一大特色,我们选的饭店做的啤酒鱼比昨天的口味更重,更符合北方人的口味,然而最让我惊喜的不是啤酒鱼,而是炒蘑菇。

小时候不喜欢吃蘑菇,妈妈不信邪,连着做了一周的蘑菇宴,从那之后,我看见蘑菇胃里就翻江倒海地难受。蘑菇上桌比较早,是和韭菜、腊肉一起炒的。我看其他菜倒还好,看一眼满盘的白玉菇,想到它黏腻的口感、腥腥的味道,差点把昨天的饭都吐出来。

小鸟知道我不喜欢吃蘑菇,他挑着眉戏谑地问我:"不尝尝吗?还挺好吃的。"我看砒霜似的盯着那盘蘑菇:"让你妈妈连着给你炒一周蘑菇,看你还喜不喜欢吃。"在他们强烈的"安利"下,我视死如归般夹起一筷子蘑菇。不是想象中腥臭的味道,而是一股烟熏风味,蘑菇本身的腥味被最大程度地掩盖,但鲜味却渗入到韭菜和腊肉里,很好地保留下来。

没想到去了两次云南都没克服对蘑菇的恐惧,阳朔的一道菜就把我治得服服帖帖的。那晚我吃其他菜都不算多,筷子不由自主地一直伸向那盘蘑菇。

五

来之前淇宝向我倾情推荐《印象·刘三姐》的演出，即使发过"再也不看地方演出"的誓，我还是订了票。吃完饭我和熊本熊就马不停蹄赶往演出场地。

桂林山水甲天下，阳朔山水甲桂林。山色绝美，但那里的交通状况实在让人无法恭维。阳朔没有共享单车，甚至红绿灯只主干道路上才有。我们叫了车，但司机被堵在一条路上迟迟不到。

正当我们为赶不上演出急得跳脚时，一辆"摩的"从满街停滞的车里杀出重围，停在我们旁边："走不走，帅哥美女？"我们看到救星似的连连点头，坐上了摩托。车的后座有一加长的座位，我坐在那个座位上，紧抓着身后的扶手一动也不敢动。师傅一会儿急刹，一会突然加速，我为了保持平衡，只能收紧腹部，下车时肚皮隐隐作痛。摩托真的比汽车要快很多，一旁堵得水泄不通，我们坐着摩托风驰电掣，开车要一个小时的路，我们只用了十五分钟。

演出的场馆是露天的，蚊虫很多，还能听到四周喧嚣的蝉鸣，舞台看起来很窄，后面是黑压压的一片，什么也看不清。演出开始女声响起，照明灯全部熄灭，随后原本漆黑的背景被聚光灯打亮，群山出现的刹那，场内惊呼一片。

接着远处亮起一盏灯，火红的灯光，依稀可以辨别人立在小舟的轮廓，船夫在船尾摇橹，女人在船头歌唱。在悠扬嘹亮的歌声中，小舟缓缓向观众靠近，舞台渐亮。我这才反应过来，舞台就是这片宽阔的水面，背景是真实的群山，人就乘着船，游荡在山水间。

三姐的渔船到了前方，她以一声婉转的吟唱结束了演唱，轻盈地退场。她背后的群山倏地亮起点点火光，层层叠叠，顺着山上的小路盘旋到山的背面。接着江面上也点起渔火，船夫们下水，在红白交错的灯光中扯着红绸往前移动。他们在中间的位置站定，用手将红绸一提一放，红绸就像红色的波涛在江上翻滚。我侧头对熊本熊说："其实都不用第二幕，这一个景就让我觉得值回票价了。"他也看呆了，连连点头。

我印象很深的还有漓江渔火，一个明黄色的月牙伫立在水面上，船夫们一人一舟，在月亮周围旋转，像在江上旋转的银河，江水的皱褶上闪着点点波光，像是星辰四周溢出的光晕。点点渔火在鱼鹰的叫声中，穿过夜幕，就那样轻巧地闯入观众的心，在人们心中漾起不知名的涟漪。

张艺谋太懂得如何引起观众的共鸣了，一个三姐换嫁衣的长镜头，就把姐妹相送、十里红妆囊括在内。三姐舞着柔软的腰肢和藕臂在码头旋转，不发一言，却把女性的知性柔美展现得淋漓尽致，她流连在姐妹的怀抱和细声叮咛里，最后温柔地依偎在新郎的臂弯中。我们一同分享着她的喜悦，这种喜悦伴有直达灵魂的震颤，我为这场演出喝彩，但鼓着鼓着掌，眼泪就夺眶而出。它值得我一万滴眼泪。

整场演出仅持续一个小时，却好像道尽了刘三姐的一生，我们跟随着她的视角，窥见了漓江百年历史的一角，那个角落有能歌善舞的壮族姑娘，有与之对歌的壮族小伙，有漓江唱晚，有鱼鹰破水，亦有中国发展进程的一点一滴。

如果只用一个词来形容我今晚的所见所闻，那我会选择震撼。那种震撼就那么直直地穿透笼在漓江江面上的大雾，如天光破晓一般，它轻扣着心灵的窗扉，唤醒无数个在体内沉睡的与国家民族紧密相连的灵魂。

7.17

一

一到南方就把要养胃的事情忘得干干净净，生怕少吃了水果，这里的水果实在太实惠了。我们在酒店大堂等车时，外面的集市正热火朝天，火龙果堆得像小山一样，粉红的果实堆叠在一起，就像果农们把将落的落霞采下，摆在街上供人挑选。我走过去选了三个，才花了五块钱。我提着一片沉甸甸的彩霞飞奔回去，高兴地让大家猜花了多少钱。

二

我们坐车前往"世外桃源"。陶潜笔下隐尘世而居的武陵人究竟在何方已无从考证，我们便将陶渊明所想象的世界强加于中国每一处符合描述的土地，不管它是否完完全全贴合那个桃花源。

初中学《桃花源记》时，我只觉得可笑，陶潜一个郁郁不得志的乱世之人，却妄想过上阡陌交通、鸡犬相闻的平淡生活，我笑他太异想天开。但我们又何尝不是做白日梦的人，求学的人渴望清北，买彩票的人希望中奖百万，恋爱的人幻想对方会矢志不渝……我们像是一个个现世的陶渊明，都在做着异想天开的美梦。

但是没有这些梦，人该怎么活呢？我们从小就被教导要脚踏实地，却被现实压弯了脊梁，不曾抬头认真看看头顶的星空。人的确不该沉溺于幻想，但这并不意味着我们要放弃做梦的权利。

学业有成，工作稳定，生儿育女，平淡地过完一生，最后迎来待我多时的死亡，这样一眼望到头的人生我不想过，我的未来应该是丰富多彩的，我有能力担负我热爱的生活方式，我有勇气尝试人生的可能性，无论好坏，我大方地为结果买单。我不想把自己囿于一个地方，无论身体还是心灵。这是我对未来最大胆最狂妄的设想。

陶渊明会被路上的障碍拦住去路，但我不会，我无惧风雨，一往无前。我不想在风暴来临时躲在房间里瑟瑟发抖，我要在雨中飞奔，与雷电共舞，不在乎飞溅的泥水是否会弄脏裙摆，那只是在我身上绽放的花。

我以为世界上一定有过他笔下那种居民捣衣、桑田百亩的生活，可当听着导游的讲解坐船驶入那个村庄，水榭上是向我们招手说着侗族语言的演员，我又确信现在这个世界上确实没有桃花源。

我们在鼓楼里和侗族人跳了舞，他们在队伍前方唱着侗族大歌，其间，我总是踩到前面爷爷的脚，小声致歉之后依然如故，开始时他和我开心地击掌，后来我们离开时他没理我，像送瘟神一样送走了我。

  我们在鼓楼下接绣球，在风雨桥上小憩，什么也不想，等着湿热的风或多或少将被汗水浸透的衣服稍微从身上剥离开。桃花源的居民是不是也曾像我们一样，在风雨桥上百无聊赖地发着呆？

三

  下午是古东瀑布的行程——顺着瀑布一路逆流而上。熊本熊很有先见之明地为我们准备了雨衣，又很不放心地给我们买了草鞋，租了头盔，装备齐全，我们就开始往上走了。

  瀑布入口有个铜钱雕塑，有很多人都从中间的钱眼里钻过去，小鸟扭头问我要不要钻一个，我摇摇头："不了，那不就掉钱眼里了？"我身后一个阿姨急忙喊住她姑娘，让她别钻了，前面照相的工作人员一脸幽怨地看着我，我忽然意识到嘴又比脑子快了，赶紧推着还张嘴笑的小鸟往前走。

  一下水就是个大挑战，第一级瀑布看起来有二十米高，水从山上流下来，与石块撞击，捣出雪白的飞沫，卷起千堆雪。

  上山时草鞋扎得脚生疼，此时站在冰冷刺骨的溪水里，满脑子想的都是公交车上的播报：抓稳扶好。我紧紧地攥着铁链，抖得要命，根本无暇顾及又发作的脚疼。

几乎垂直地往上爬，瀑布像雪崩一样往岩石下滚，小腿上受了很多力，每一步都很艰难。我在前面开路，找到窍门后就不那么费力了，噌噌向上，甚至还能回头开两句玩笑："哇，好大的石头，好凉的洗脚水！"他们笑得直不起腰，纷纷勒令我闭嘴。

石头被水冲得光滑冰凉，凉得温润，腿贴在石头上，解暑降温，落脚的小坑在石壁上，很好找。我忽然觉得好像回到了在西双版纳雨林爬榕树的那一天，爬瀑布比爬树轻松一万倍，不用自己找落脚处，还可以停下休息。

我们走走停停，任飞溅的流水布满雨衣前襟，我感觉已经很多年没这么肆意地玩过水了。我先爬到水潭等他们，把袖子撸起来，一整条手臂探进水潭胡乱摸索，我也不知道自己在找什么，也许是找水穿过指缝的感觉，也许是想在浅水潭底找一块合我心意的石头。还真叫我找到了，我开心地把石头往身上蹭蹭，擦掉残存的水渍，然后宝贝地放在兜里，就像我小时候无数次做的那样。

水潭往上还有几级小瀑布，小孩子们都从小瀑布群入水，我们在入口等着和我们约好的那个小男孩，顺便把被水流冲出草鞋的脚指头塞回去。我们等了很久也没见到他，只好继续往上走。

水道很长，雨衣外是水，雨衣里也是水，不过里面是我们闷出来的汗水。走到水道终点时，水珠一颗一颗地从脸上往下滚，我都分不清这究竟是溪水还是汗水了。

我们的鞋被导游扣在出发点，他想让我们花钱坐索道和滑道下山，我们偏要穿着草鞋往下走。我们在半路遇到了帮我们背包的奶奶。那个小男孩的奶奶也在其中，她说她孙子已经跟别人上山了，所以在入口那儿我们没看到他。我们接过包，感谢她们一路对这几个沉得要命的包不离不弃。

山顶是大板桥的世界，扶手处系着无数红条，中间铺着一块红毯，广播里的提示声不断介绍："这是鸿运桥，客人踩红毯从桥中间经过，不摇晃，不回头，来年就可鸿运满满。"鸿运桥位于古东瀑布群的最顶端，桥架在两座山顶之间，中间是一个幽深的峡谷，左右两侧很开阔，站在桥上依然能听见汩汩的水声。

我可以控制自己不往后看，但很难不去侧头观摩身边的景色，否则真是太浪费了。我们总被催促着向前走，不能停步，不能往后看。我们拥有着几十年的光阴，却不能随心所欲地欣赏身边的风景。世界这台机器在不停转动，我们这些零件也一刻不能休息，停止工作这样寻常的事情在现代社会里变成了不负责任、贪图享乐的代名词，我们会为暂时的停止而感到抱歉，我们会因他人指责的话而觉得愧疚。人也需要喘口气，就像在被窝里闷得久了，要出来呼吸一口新鲜空气一样，我们绝不该为适时的休息而歉疚，休息从来不是一件没有意义的事，适时给自己放个假也是意义所在，毕竟我们不是机器，我们是靠水米奉养的血肉之躯，我们辛勤工作来温养身体的同时，更需要精心侍弄我们的灵魂。

我是一个很少回头看的人，永远昂首阔步，抬头向前，我并不是不喜欢回头，也不是不在乎我背后的人，我只是觉得一旦回了头，瞥见渐行渐远的距离，我也许会在一瞬间失去往前走的勇气。所以，我不回头。

草鞋湿答答的，很难受，之前顺着水道摸爬滚打走了一个多小时，现在下山腿有些发软，直打哆嗦。穿草鞋和打赤脚差不多，没有缓冲，没走一会儿膝盖就开始疼。我们浏览石头上刻的壮族方言解闷，不时回头问问同伴刚才新看的方言什么意思，一路欢笑，很快也就到了山脚。

四

行程里并没有柳州，但是落地桂林第一天我们几个就念叨着想吃螺蛳粉了，今天一到酒店，床还没躺热乎就被胃里的馋虫闹起。我们住得离市区远，想找那种藏在小巷子里的小店并不容易，大家奔走了一天，也不想跑太远。我们找了一家最近的店，推门进去就是一股浓浓的臭味。

"螺蛳粉只有 0 次和无数次。"我一边劝着头一回尝试的熊本熊和焱焱，一边快速地浏览着菜单，"二两粉，加个鸭掌，再来个油果。哦哟，还有炸蛋呢，再加个炸蛋。"我迅速点完餐。很快就叫到我的号了，我捧着海碗先是一愣："这么多？"

碗又宽又深，最上层棉被似的盖着一层厚厚的炸蛋，我先把炸蛋泡进汤里，再一点一点地把料和粉翻上来，辣油漂在汤上，食物表面也覆着一层红彤彤的油膜。我不自觉地咽了一下口水，没理会齐刷刷向我投来的八道炙热的目光，拿起筷子开吃。

粉是那种细粉，很容易入味，每一口都就着足量的木耳和酸笋，鸭掌炸出虎皮的纹理，几乎一抿就脱骨了，炸蛋吸饱了汤汁，香臭香臭的汤在咬下去的一瞬间就在嘴里爆开。实在太香了！

熊本熊和我一样都不信邪，点了中辣，好在我有炸蛋"吸引火力"，他只能和汤底硬刚，辣得直哈气。辣得满头是汗的还有小鸟、悦悦和焱焱，不过他仨点的都是微辣。悦悦看着面不改色埋头狂吃的我说："可能你的痛觉神经不太灵敏。"我边吃边笑着点点头。

7.18

一

　　台风似乎快到广西了,窗外是一派"山雨欲来风满楼"的架势,阴云密布,闷雷滚滚,一下车就觉得整个人好像泡在了水里,稀薄的空气提醒着我自己还没有被水淹没。

　　不一会儿雨开始了,日月双塔前的看台很快被雨幕遮蔽,周围春笋似的冒出来很多兜售雨衣雨伞的人,雨越来越大,价格越炒越高。 我们两人打一把雨伞,她们说多挤啊,我们回,没事,感情好。

　　我们第一天走到日月双塔时是黄昏,天气晴朗,我们站在月塔那一侧,隔着湖面眺望双塔,这次我们站在日塔这一侧,隔着雨幕眺望。

　　一样的双塔,换个角度,换个天气,就给人截然不同的感觉。 今天的双塔闷湿黏腻,全然没有那天城中漫步,偶然发现它时的激动和欣喜。

二

　　象鼻山中间被溶浊了三分之二,当地人会把酒储存在里面,叫作三花酒。当地有"打壶好酒过好年"一说,每年过年前,桂林人都会从"大象屁股"进洞,取一壶酒,讨个好彩头。

因为连绵的雨象鼻山被封,我们只好在对岸看它,模糊的视线中,象鼻山似乎比任何时候都更像一只大象,它的象鼻和象腿之间有一处巨大的孔洞,可以透过它看月亮的倒影,我们今天无缘得见了,但仅是撑伞观望就觉得心满意足。

7.19

一

窝在酒店里打牌吃外卖的生活实在太过"糜烂",于是我们决定出去吃。

第一天 City Walk 的时候我就盯上了一家本地菜馆,油茶是特色。油茶为何物,闻所未闻,我和悦悦打算尝试一下,昨晚出去吃饭的三人一致摇头摆手:"太难喝了。"

我偏不信这个邪,我倒要尝尝它有多难喝。油茶其实就是姜水泡茶,没有或甜或咸的味道。我先喝了一碗原味的,发现味道还可以,就在他们诧异的目光下另加了米果、葱、盐,喝了第二碗。他们一副"敬壮士"的坚毅神情看着我,我心道,拜托,这可比我爸给我冲的姜糖水好喝一万倍。

猪手、鸭掌煲、蒜薹炒牛蛙……随便一道菜味道都很好。广西不愧是芋头之乡,芋头在他们的饭桌上可以是糕点,可以是菜,也可以是汤里的一种食材。鸭掌煲里最令人意外的不是美味的鸭掌,而是乍吃一口不知为何物的芋头,甜咸口,糯叽叽的,和第一天吃的芋丝糕有异曲同工之妙,在我的印象里甜甜的芋头,放上腊肉,包进糕点里别有一番风味。要不是司机叔叔不停打电话催,我们肯定还得再来几块糕点。

二

　　我以前带走一个地方的石头，坚信我会怀着同样喜悦的心情再回到那个地方，但我未考虑的变量太多了，仅仅是天气的变化都会将我对那里的眷恋和想念消磨殆尽。再次眺望双塔的那个瞬间，我第一次对捡走一个地方的石头这种独属于我的神圣仪式产生了怀疑。不如就让记忆永远停留在初见的那一瞬，这样我就不必见证烟火的落幕，花朵的凋落，它们在我的记忆里，就永远像初次见面时那样惊艳。

　　他们则不同。年纪越长，自己身边的朋友越少，一直陪伴在身边的无非就那么几个知心的好友，但我觉得有这么几个朋友就已经足够了，我想把他们从头看到尾，从我们初识的时候一直看到大家垂垂老矣，看这些与我灵魂契合的朋友们，我永远也看不腻。谨以此篇，纪念我们，纪念我们的青春。

12

漫长的告别

明明面前是新鲜未知的一天,
我却总觉得悲伤,
因为这场旅行的本质,是告别啊。

2023.8.24

我总觉得北方的春和秋都很短暂，一场翻飞的柳絮、一地枯黄的落叶之后就是一个全新的季节。

人生中最长的假期好像没有很长，前一个月疯狂地旅行，偶尔写作，后一个月疯狂地学英语，偶尔把车骑得飞快。每天都被汗水浸透，每天都换一身干爽的新衣服，活得像个吃了迷幻蘑菇的彩虹。本应无所事事的假期，被我安排得比高三还忙，我每天团团转，倒也乐在其中。

最后几天聚会很多，想在走之前再见一次我的朋友。他们对我的邀约也都不拒绝，昨天是和初中同学，前天是和高中同学，昨晚还回了老家。我没有什么离别的情绪，或者说根本没有情绪。唯一的遗憾是没再见雯宝一面。

"上车饺子下车面"，我们家有意无意地避免落入这些窠臼，但是不知怎的，总是那么巧合地适宜地做了该做的每一件事。临近中午时爸爸给我打电话，说没时间做饭了，问我吃什么馅的饺子，我说，牛肉的吧。

最近老和爸妈拌嘴，有时我都纳闷他们是不是一定要给我找点不痛快。大多数时候，我觉得自己没错，索性权当没看到，没听到，糊弄了事。

去往机场的路上好像被抽走了全身力气，很累，在车上倒头就睡，头顶的天窗和左边的窗户哗啦啦地响，好像玻璃在头顶碎了似的，我觉得吵，每次抬头充满怨气地瞪它一眼，之后又忍不住再次倒头睡去。

下车时接到了陌生来电，我很拘谨地问："你好，是谁？"那边比我更拘谨地喊了一声姐姐，然后祝我一路顺风，好好学习。

马上就要离开这个我生活了十八年的地方了，听到这声送别的话我才意识到，是真的要走了。但是一切情绪都堆积在身体的某个角落里，酝酿着，发酵着，麻痹着我，让我对周围的感知降到最低。我好像变成了僵硬的提线木偶，井井有条地做着一切该做的事，没有情绪地，活在梦里。甚至回忆当时的场景，我都没有站在第一视角。我像一个局外人，沉默地注视着时间的流逝。

今天的日落很美，晚霞染红了半边天，很像一碗浓香的番茄汤，中间卧着一只泛白的蛋，那只蛋一点点染上黄昏的颜色，半边天的红霞都被收入其中，它终于不堪重负地沉了下去。

月亮上有嫦娥，那么太阳上有生灵存在吗？如果有，我猜应该是一只毛羽颜色极尽绚烂的鸟，只有太阳无尽的光辉能将它困在其中。

妈妈的脚肿得吓人，脚上是药液未褪去的颜色，像日落的金光倾泻在她脚上，炽热的温度似乎悄悄将筋骨的气力都融化掉了。书房最近放假，妈妈像动能耗尽的时钟，彻底放松下来，但她还是很累，歇不过来，总说自己像被打了一顿一样。

爸妈不常坐飞机，他们在机场有些局促，我在前面带路，忘记妈妈扭到脚走不快，过了安检，往登机口走时，我照样走得飞快，在前方等待他们时才发现两人已被我落下一段距离了。妈妈嗔怪说，要是他们在我小时候这么对我，我早就不知道丢了多少次了。

我忽然想知道，他们被我落在身后，中间有无数人匆匆掠过，我的身影夹杂在人群里逐渐远去，头也不回时，他们心中作何感想。那个令人伤心的场景也许是几年后几十年后的场景的具象化表现，我往前走，他们在后面跟，即使知道跟不上，依然没有停止追逐的脚步。

妈妈已经四十六岁了，她忙碌了半生。我记忆中的她永远行色匆匆，她身上没有小城市民的松弛感，她永远像一支在弦上的箭，蓄势待发。她说我上学之后她就不再做饭了，她说我上学之后她就能到处玩了，她说我上大学之后她就轻松了。虽然我不喜欢上学，但我想为她的理想生活、她的小愿望拨开那个插销。

我们在电梯上时，爸爸说要给我和妈妈拍照，妈妈瘸着脚朝我挪过来，爸爸说："这搞的，让瘸了的往你这儿靠。"我尴尬地抿抿嘴角，挽起她的手，她好像很开心："对嘛，出来玩就应该一直牵着妈妈的手。"我突然觉得，她之前所有对我的鸡蛋里挑骨头好像都在为这个小小的、由我主动的动作铺垫。

为什么不多靠近呢？ 就像我小时候她无数次向我走来那样。 我也有个小愿望，我希望她老了之后，我能像小时候她对我一样，像对待一个牙牙学语的孩子一样，再陪她长大一次，弥补我缺席的，她的童年。

晚上的飞机总是容易延误，我们坐在候机厅冰凉的座位上，我写日记，她工作。 我歪头看她，忽然想到，接下来的四天时间是未来半年时间内我能拥抱她的唯一机会了。

这次旅行表面看起来像以前任何一次我们一起经历的旅行一样，但是我知道它明丽的外壳下隐藏着悲伤的内核，这是一场告别，是一个长达四天的告别，是我短暂生命中最漫长的告别。 有时我起床后，坐在落地窗前，看天上云卷云舒，明明面前是新鲜未知的一天，我却总觉得悲伤，因为这场旅行的本质，是告别啊。

8.25

落地已经四点了,到酒店只睡了两个小时就匆匆赶往口岸过关。现在想起来唯一的缺憾就是没有在口岸的自助机器换点港币,没法电子支付时,都是用人民币和港币一比一付的款,有点亏。

过关时我的港澳通行证没过,嘀了一下,换到另一个柜台办理,里面的人操着一口粤式普通话,让我出示学生签证,然后递给我一张小白条。这个不一样的流程让我瞬间意识到,自己并不只是与这个城市擦肩而过,而是要实打实地在这里生活四年。拿着小白条拖着行李过闸口时,我还感到有些不真实,爸妈早就过去,在那边等我,看到他们笑着朝我伸手,我才有点把地面踩实的感觉。

口岸一楼是个停车场,电梯旁边是一层一层的车,车牌的样式和内地很不一样,黄底黑字,上面字母,下面数字。在香港,车便宜但车牌贵,一辆二手宝马两万就能开回家,但好的车牌动辄就要百万元。

上车时后排的好位置已经被抢光了,我们坐到了前面最棒的座位,爸爸说这是福气。

香港是右舵驾驶,我坐在前面,能看到司机的光头被耀眼的阳光映得反光。 在香港，过马路等红绿灯时，看着身侧呼啸而过的汽车，总会觉得心惊胆战，一是因为司机都开得飞快，二是因为能清楚地看到右侧的驾驶者在干什么，抽烟、玩手机，抑或别的，都尽收眼底，好气又好笑。

过关后，青山把路逼仄得狭窄，高楼把人衬托得渺小，这里一切都很拥挤，甚至地上漆出的各种交通标语，都被路压缩得瘦长。

大朵大朵的云在天际浮荡，它们不是固定不动的，是游移的，但能让人感到云层下蕴含的巨大力量，不同于李娟写的阿勒泰的云，她说那里的云好像在向你逼近。 香港的云是比楼房还要高的存在，其意义就是要叫你仰望，让你觉得自己渺小。

第一站是黄大仙。 下车后眼睛瞬间被北回归线附近的烈阳晃得睁不开，在这里拍照不需要将亮度调高，阳光会给周围的一切打上成片的高光。 世界如此明晰，清晰地压迫着人的视网膜，有些东西，本不想看，也会看到，如此倒让我生出了一种不真实感。

园内亭台楼阁、水榭莲荷应有尽有，庙宇香火旺盛，烟斜雾横。 在周遭的成片钢铁森林中，这样一处寺庙虽然突兀，却又恰到好处地融入其中，仿佛这里本就该有寺庙，若全是林立的高楼，没有水潭，没有莲荷，反而错了。

香港给我的第一印象就是精致，这样的精致不仅仅局限在看起来小而局促的物品和场所上，而已经渗透在这个城市的方方面面。电梯随处可见，厕所里永远配有足够的厕纸和清洁剂，店铺的冷气吹得门口都一阵凉意，行人的衣服鞋子一尘不染，周围的绿树花坛也是被精心侍弄过的，高楼像矗立的悬崖峭壁，但窗台上会偶有几片花海倾泻而下。

如果香港是东方明珠，那么维多利亚港大概就是世界的中心。天空澄澈，海水碧蓝，连接港口的城市群拔地而起，玻璃上反射出海和天的淡蓝色。云被风推着缓缓挪动，整个世界似乎都被灌满了风，波浪和海风一阵一阵地送来淡淡的腥味，在维港边的人都被风淹没，轻薄的衣物变成了旗帜，在风里狂舞。

之前，星光大道的手印和名人录被嵌在地上，这样似乎不太妥帖，于是它们被重新安置到了维港边的扶手上，和在一旁乱跑的小孩子一般高。我们就那么在路上走走停停，看看身边那些名留影史的人的痕迹。

李小龙和梅艳芳的铜像就竖立在花草丛中，爸爸看到布鲁斯·李很兴奋，做出同款动作，一定要合影留念。

坐在车上，香港的老街在眼前一闪而过，花花绿绿的牌匾新旧不一，在一水被光洁亮丽的玻璃装点的摩天高楼里显得格格不入，又恰如其分。朋友说，香港又新又旧，我觉得这实在贴切。

香港给我的第二印象就是秩序。街上人很多，走路都很快，每个人似乎都有清晰的目标要去完成，经不起一分一秒的耽误。大家都靠左行走，如果从上往下看，穿行的人群大概像一群一群排列齐整的小蚂蚁。这里没有人随手扔垃圾，随地吐痰，闯红绿灯。长队到处都是，嘈杂的声音却很小。一切都是事物本来的模样。

香港的人和城市似乎都是依托周围的山和水而存在的，正是有了山水，才有了葱茏的绿意，才有了喘息的空间，才有了生生不息的香港。

香港由几百座小岛构成，但是各小岛上山的海拔都不高，我们下午去的是香港岛最高的山——太平山。山路七拐八绕，司机依旧开得飞快，山顶云雾缭绕，观景台被浓雾笼罩着，我们以惊人的速度向那谜团逼近，似乎比天上游荡的云还要快些。

香港90%的人占据着50%的土地，他们都生活在钢铁巨兽的心脏中央，另外10%的人则生活在城市边缘的山上。一路开车上去，路边是各式各样的独栋别墅。

妈妈的脚不方便，她留在车上，我和爸爸下车往山上走。停车场就像一个时光机，深邃，昏黄，有各式繁体字标志，走出大门，便豁然开朗，满眼都是浓雾一样化不开的绿色，远处是开阔的水域。

今天晴转多云，我们从维港离开后，天际就好像皱眉头似的阴云密布。直到现在浓云也不肯散开，太阳从荫翳中扯开一道道细小的缝隙，明明灭灭地在云层间游动着。云好像飘荡的瓷器，那些尖锐的光芒连成的细线就像瓷器上微小的裂隙。空气湿热无比，走在路上就像走在蒸笼里。

唯一能带给我们慰藉的就是太平山顶令人惊叹的美景。我们站在观光露台上眺望整个维港，浑浊的大江两岸绵延不绝的楼群扑入眼帘。红色的灯牌为这极其现代化的街景增添了些老香港的味道。

天色稍晚时，我们与妈妈汇合，来到了鸭巴甸街上，街两侧商场、奢侈品店林立，玻璃大块明亮。拐到街后则是小巷，摆满了不规则的流动摊位，充斥着各式各样油亮到发黑的美食招牌。

我们走进了一家很有年代感的烧味店，爸爸吃素，妈妈看了橱窗里的鸡鸭鹅直摇头，点的一份单拼几乎全便宜了我。酱汁是用蜂蜜调制的，甜咸口，将烤得金黄的烧鹅皮下的油脂香最大程度地激发出来；奶茶不加糖，就是那种最原始的，只用奶和茶调和而成的饮料，一口下去，让人直皱眉头。

毫不夸张地说，走在香港的老街上真的像走进了老电影里。我拿着相机一路走一路拍，药坊很新鲜，拍一下（即使里面的药看起来花里胡哨，似乎治不了什么病），凉茶店没见过，也拍一下，水果店的水果在昏黄的路灯下散发着诱人的光泽，爸妈手挽手站在摊前，我也及时拍下了这一瞬间。

妈妈回头道："以后拍的时候要记得先问问人家能不能

拍。以后我们不在你身边,别因为这个跟人起争执。"我听罢,稍稍收敛了一些。

想到以后要一个人在这偌大的城市漂泊,不禁悲从中来,对香港的热爱忽而如长烟一空。有那么一瞬间,我孩子气地想,不如就跟爸妈回去吧。这是个与家乡大不相同的地方,我喜欢这里,但我不想长期在这里生活。我熟悉的一切,我热爱的一切,我的崇拜与羁绊,都在千里开外的淄博。

但有时,或者说更多的时候,我爱着这座城市,爱这里的文化,爱这里老电影式的场景,爱它破旧和新潮的结合。我这几天一直在这几种情绪间反复横跳,我渴望自由,我爱外面的世界,但我也思念家乡,想念那个我长大的地方。后来我想到淄博不如香港繁华时,我知道,我内心的天平已经开始倾斜了。

香港人大体可以分为两种,一种淡泊,一种热情,在街上问路就可见一斑。如果不幸恰好问上了淡泊的人,他听到普通话会露出厌恶的神情,操着一口粤语跟你装傻充愣,然后拂袖离去。如果幸运地遇见很热情的香港人,即使普通话不标准,他也会尽量将自己的语言调整到和你同频,皱眉俯身,认真倾听,试图理解你说的每个字,然后尽自己最大的努力跟你解释明白。我不明白,同一个城市的人怎么走向如此两个极端?一种淡漠如冰,一种热情似火,前者似乎觉得你连呼吸都是错的,后者却以极大的包容让你逐渐爱上这个城市。

坐在游轮上时,妈妈凑过来零零碎碎地叮嘱我要注意的事情,我那时觉得唠唠叨叨有些烦,现在想起来竟无比怀念。我一遍一遍地回顾和爸妈在一起的场景,回想他们的每一个动作、每一句话,有他们在的日子真幸福。

我脑海中好像有一只守着回忆反复咀嚼的羊,无论那些时刻让我们之间的距离变远还是变近,都照单全收,它将它们反刍千次万次,只嫌不够多。

躺在宿舍的小床上,脑海中全是他们的音容笑貌,我甜甜地沉浸在梦乡里,然而醒来后,缓慢重启记忆,发现自己一个人形单影只地在香港时,那种孤独感几乎让我窒息。

8.26

　　酒店的房间小得可怜，进门后一步到厕所，两步到床，三步到阳台。为了充分利用空间，马桶、洗漱台、淋浴间在厕所里肩并肩背靠背地排布。进了房间你只能向一个方向走，因为根本没有转身的余地。床也窄得可怜，翻身时要格外注意，小心地挪动，否则随时有滚下床的风险。

　　早上出发去迪士尼前，我趴在窗台上往下看，楼下是一个偌大的泳池。爸爸两眼放光，念叨着一定要去游游泳，可惜直到我们离开酒店，送我去学校的那天，他都没挤出来时间去游泳。

　　我们坐地铁从东涌线转到迪士尼线。迪士尼线的列车和其他车不同，它的座位是环形转角蓝色布艺沙发，上面印有卡通人物，座位之间通过用玻璃封起来的迪士尼人物手办间隔，座位上方的窗户都是米奇头状，可以看到翠绿的树急速倒退着掠过列车。

　　一下车就好像走进了童话世界，站台极具年代感，刷卡出站就好像拿到了进入童话世界的通行证。我们入园时已经十点半了，拐过米奇头草坪，地平线上方出现一座小小的、彩色的梦幻城堡，道路是用彩色马赛克砖铺成的，往前延伸着，通向那座小小的城堡。地上的瓷砖围成不同的图形，路灯上也有各种各样的卡通人物。我东张张，西望望，生怕错过哪个园区的小彩蛋。

我们继续往里走，城堡里是一个首饰店，纯金的各色卡通人物陈列在玻璃展柜里，出口的门边摆着一座纯金的大城堡，上面的光芒似乎都不是从顶灯获得的，而是它由内而外自己散发出来的。一旁是阿拉丁的神灯，宝石镶嵌在线条流畅的灯上，焕发出五彩的光，旁边的项链和王冠繁复夸张，以红宝石为主体，鸽子蛋大小的红宝石闪烁着明媚的光，我猜它们大概属于莱莉公主。

妈妈说从来没和我坐过旋转木马，这次总算如愿了。我很奇怪，因为在我的记忆中，这不是我第一次坐旋转木马了。后来突然想到，我以前去游乐园时，妈妈总是忙于工作，抽不开身陪我，我一直是跟发小她们一家去的。

妈妈脚不方便，就坐在圆台的马车上，我和爸爸在她后面，并排骑在马上。木马转起来，我们随着木马的节奏起伏，我让妈妈回头，她回眸对我一笑。我瞬间有了一种奇妙的感觉，好像我们与木马融为一体，都存在于一个叮叮当当能发出声响的水晶球里，音乐奏响，我们旋转，短暂地获得了生命，音乐结束，发条变松，我们就要归还生命，止于平静。在现实生活中，这只由我们仨构成的水晶球还能运行两天时间，两天之后，我留在千里之外的香港，他们回到家乡淄博。

我从未如此深刻地认识到"人有悲欢离合"的意义,这几天面对着当下的欢乐,不得不思索未来孤单的日子,才知道这短短一句话的千钧重量,才明白这短短一句话背后的万里距离。

似乎一切美丽的童话都是在园林里发生的,白雪公主在森林里迷路,小叮当在花海里生活,睡美人在森林里长大。秘密花园就是长发公主的高塔,王子系在她的头发上,摇动手柄即可帮王子升高一段距离,松开手柄,王子便会惨叫着落下。接着是七个小矮人开矿的场景。我看的是老版的白雪公主电影,至今小矮人们唱着歌敲敲打打挖掘宝石的画面依旧历历在目。糊涂蛋坐在满载宝石的矿车上从山洞里驶出,转一个圈又回去找他的同伴,玻璃柜里是其他六个拿着钉凿努力工作的小矮人。我跑进小叮当的家,轻车熟路地坐在她的小凳子上,我已经记不清电影的情节了,但我坐在小叮当的小桌前,她翕动的翅膀又似乎正在我们身边轻响。

妈妈在逛花园时艳羡地看着精致的小人:"要是带小孩子来这里逛逛,还担心他们不读书吗?"我敬业的妈妈,出来玩也忘不了工作,我于是推着她往前走:"别想了,来给你拍照吧。"出口那里有一片很像铃兰的花卉,只不过那一串串的花更像是小果实,我让妈妈抚着那帘子似的植物往前走,抓拍了很多张。

手机的界面上会有一个区域,反反复复地播放最近的照片,即使我后来又拍了很多,首页的照片展示栏一直停留在八月末，我觉得这样很好，这样爸爸妈妈的照片就会一直一直反复地出现，他们刚离开的那几天，我就是靠这些滚动的照片挨过最初的相思之苦的。

爸爸已经很久没陪我坐过山车了，他和妈妈都说坐旋转木马时有些晕，我一开始觉得是在跟我开玩笑，而后妈妈低下头不经意道："我们都是快五十岁的人了。"我这才发觉，我记忆中三十几岁的爸妈已经一去不复返了。妈妈的背已不再笔直，爸爸的头发也不再乌黑油亮。爸爸陪我站了一个小时，排上了灰熊过山车，车忽上忽下忽停，一颗心在胸腔里随之跳动，爸爸在一旁振臂高呼，就像小时候他将我骗上过山车那次一样，我吓得哆哆嗦嗦，他玩得欢天喜地，不过这次我也很高兴。

在园里能看到来自世界各地的不同面孔，据我的不完全统计，我至少看到了欧洲人、印度人、东南亚人，至少听到了五种方言，我和爸妈说："感觉全世界的人都在香港。"他们见怪不怪："国际大都市嘛。"

昨天去吃云吞面时两人一直念叨这里的饭实在难以下咽，今天在迪士尼的皇家餐厅，我们无视价格，想吃什么就点什么，结果都很好吃。吃饱喝足，看看周围美女与野兽的塑像，再瞅瞅圆顶的建筑，这才发觉这里是个宴会厅。欣赏完后，我们慢慢踱着步子出去，爸爸说："一切难吃都是因为钱没花到位。"我说："可不是嘛，钱到位了连粑粑都能给你做成巧克力味的。"他俩听罢开怀地笑了。

五点有花车游行,我们早早地挑了个凉快的地方等着,五点时挤出去,才发现路上早已围得水泄不通。 巴斯光年走在队伍最前面,对周围的人群开心地挥手。 后面是几辆缀成长长一队的花车,花车被装点得卡通可爱,每辆车上都站着四五个动画人物,随着音乐起舞,最后还有拿着水枪不停向人群洒水的人,水柱随着他们前进的步伐,在拥挤人群的不同方向的上空形成透明闪亮的光柱。 他们的脸上洋溢着快乐的笑,这种笑容足以使世界上每一个悲伤的人都一展欢颜。 妈妈在我身侧,笑得很开心,当水柱向我们而来时,她会仰着头张望,发出惊喜的笑声,那一瞬间,她的眼睛亮亮的,仿佛世界上最快乐的事情都化成了点点星辰,在她眼中明亮地闪烁。

香港的交通方式极其多样,小巴、中巴、大巴、叮叮车(有轨电车,因发出提醒行人避让的叮叮声而得名)、地铁、"心跳车"。 最有意思的是出租车,在这里,出租车不叫出租车,而叫"心跳车"。 香港大部分商品依赖进口,其中关税最高的就是烟、酒、汽油,也许是油价高的原因,坐出租不折不扣地成为奢侈:两公里起步,起步价28.5港币,每两百米跳一次表,往上加两块钱。 在拥堵的市区,表跳得慢,嘟嘟提示音的音量也小,可当驶出市区车辆加速时,表嘟嘟累加价格的声音恰似人看着数字逐渐变大而逐渐加快的心跳声。

早上我们坐小巴前往地铁站,晚上出站时却怎么也找不到小巴车站,只好打车回酒店,结果司机还不会说普通话,他说他的城门楼子,我们聊我们的胯骨轴子。我们只好打开地图给他指路,他不明方向还依旧开得飞快。香港的网很慢,页面一直在原地打转地加载,车上的表却跳得很快,30、35……不住地增加,增加,我们在车厢里被甩得屁股到处乱窜,还得稳住手机让司机看着地图,最终有惊无险地到达酒店。我很心疼白白扔出去的四十块钱,爸爸却说,既然来了就都得体验体验。

我们没在内地换些港币带过来,所以出行步步维艰,地铁还好,可以用乘车码,坐小巴和出租时,人家只认现金和八达通。没办法,爸爸找了一晚上,跑上跑下转遍了酒店周围找到一台 ATM,但也用不了,又到 7-11 便利店买了些东西,和柜员换了一百块钱,于是就耽误了游泳的时间。爸爸讲话善于运用夸张的修辞,但第二天早上起床,他提着一打柠檬茶和一兜热腾腾的早饭敲门时,我真的毫不怀疑他随口说的那句"昨天晚上真是跑断腿了"。

8.27

我有一个小癖好,喜欢收集去各地旅行的机票票根,将它们归整好,夹在每篇日记的第一页,我所有的机票就像一对对鸳鸯,有来有回,看上去是那么美满。但我今天翻开日记本,忽然意识到,我的另一半票根可能要在半年后才能拿到了。这场属于我的、长达半年的旅行实在太久太久了,久到我看着余下的大把时间,内心只剩下对未来的恐惧。

海洋乐园很好玩,但我玩了两个项目就不想玩了,排队时间太久了,我觉得这么长的时间不待在爸妈身边说说话有些浪费。

时间,是以往的我们最不缺的东西,我们可以窝在沙发上自己的"领地"里,干自己喜欢的事,一整晚都不说话。现在每天醒来后都感觉像在倒计时,我看着窗外美得像画一样的天空,一点也不想笑,只觉得脑海深处有个沙漏在窸窸窣窣地不断向下倾泻沙子,沙子相碰发出的细碎声音搅得我一整晚都睡不好。

海洋公园很大,东西也比较平价,但是难免会吃到不好吃的菜品。爸爸拍着胸脯说:"放心吧,麦当劳味道绝对有保证。"说着他打开地图,昂首阔步带着我们向前走。我们在一家快餐店前停下，前面是排成长队的人，黄色的招牌和麦当劳的很像。大家没看仔细，就想当然地觉得是麦当劳，然后去点餐。取餐后我们到路边随意找了一个长凳坐下开吃，爸爸边吃米饭边骂麦当劳，我和妈妈边吃鸡腿边骂麦当劳。爸爸说："这真是有种精心烹制的难吃。"我和妈妈正举着鸡腿，踟蹰着不敢再下嘴，听到这话不住地点头。结束午餐，妈妈提议去坐摩天轮，拐过转角，巨大的"M"字样映入眼帘，我们顿时大笑不已，回头再看那家"麦当劳"，原来它叫金香鸡。

我有一个大胆子爸爸和一个小胆子妈妈，大胆子爸爸在我四岁时就哄着我上过山车，小胆子妈妈看见过山车就打哆嗦，捂眼睛。妈妈说："感觉摩天轮危险系数还挺低的，而且我们可以一起坐呀。"于是我们钻进了一个车厢。

小小的车厢里明明才坐了三个人，却好像装满了我的一整个世界，如果他们之中有一个人微微挪动，我的世界似乎就倾斜了。不过，小胆子妈妈是万万不敢动的，大胆子爸爸边嘲笑妈妈，边在他那边的座位上来回摩擦，证明他确实是我们中最胆大的。

缆车一直在上人，所以我们有时会停在半空中，这时能以一个较为固定的视角看下面的一切，面前是海，背后是山，山下是喧闹嘈杂的人间，海面上是一艘艘游轮。热风阵阵，但能带走我们身上的汗水，所以觉得极凉爽。

我们以最放松的姿势坐着闲聊，好像这只是一次家庭旅行，旅行完我们就能一起回家，但是我们都知道这是一次告别旅行。聊着聊着车厢内沉寂下来，妈妈嘴角挤出微笑："我们来合张照吧。"我这次没有推托，绽放出最灿烂的笑容倚靠在妈妈身上，爸爸为我们拍了那张照片。

我们搭乘海洋列车回到山脚下，去看海洋馆，馆口处有一句标语：爱护水就等于爱护生命。我们的身体70%都是水，加上身体中复杂的盐分，与海洋的成分极为相似，也就是说，我们每个人都承载着一个小海洋，或者说，我们每个人都是一片海。而所有这些水都有一个源头，那就是海洋，不单单是我们毗邻的海洋，而是全世界所有的海洋。我毫不怀疑，我身体中的某一滴水，一半来自严寒冰封的北冰洋，另一半则来源于神秘旖旎的大西洋。

但是最近海洋正面临前所未有的威胁，日本将核污染水直接排放于太平洋中，随着洋流的运动，在不久的将来全世界的海水都将有核废料残存。且不论日本海域内的所有生物会率先遭殃，日积月累，全球的海洋生物甚至陆上生物，都会因直接或者间接地饮用海洋水，而受到核废料的威胁。直排无疑是最经济最便捷的做法，但代价是地球上每一个个体来承担，这种做法是自私的。

我们漫步在水族箱前，看着水族箱里自由自在的鱼儿，来来回回摆动着缤纷的尾巴游弋，以往我会对这些鱼儿同情万分，可怜它们离开大海的怀抱，被囿于这一方小小的天地。但现在看着这些小鱼，我只觉得庆幸，它们不会面对污染的海水，不必四处逃窜，不用面临高浓度污染物带来的致命的风险，玻璃箱剥夺了它们的自由，但也维护了它们生命的健康。天地间万事万物似乎都是如此，有失有得，在失去的同时得到。

天色尚早，我们打算去尖沙咀逛逛，妈妈说想尝尝下午茶，于是我们便在街上漫无边际地转。

走过一个街角，富豪雪糕车映入眼帘，前天在紫荆广场时碰到过一辆，但苦于排队的人实在太多就没买，今天的队伍很短，还没等我们仨商量完要买什么就排到我们了。我们买了两支奶油软雪糕，又买了一个莲花杯，是士多啤梨味的。妈妈挖了一小勺软雪糕，发出满意的喟叹："太好吃了。"我迫不及待地抿了一口，半固体的雪糕很快在口腔里化成一摊甜甜的奶液，终于明白为什么那么多人排队了。

我们误打误撞地进入了一家酒店，一二层是清一色的奢侈品店，我们进去转了转，妈妈没看中什么包。不过我们一致认为酒店非常棒非常豪华，妈妈笑着问爸爸："你下次能不能让我住这样的酒店？"

我觉得这次香港之旅带给我最大冲击的就是今天了，我们见了无数在街道上挥洒汗水，为生计奋斗的人，也见了一些排队在奢侈品店前等待的人。我以前只是听说这里贫富差距大，但我没想到这么大，大得令人心酸。我的父母对我的外在一向只讲究舒适得体，却要求我不停看书、旅行，他们一直在精神上富养我，我也一直认为我的精神世界已经富足到我不需要多么昂贵的饰品来装点。

我从未觉得自己如此渺小，这短短一下午的见闻不停地冲击着我的世界观，试图打磨掉我所有的锋芒和骄傲，我承认这座城市的耀眼和伟大，但我把我的锋芒保护得很好，我永远葆有我的骄傲。

就这么沿着主街走了一下午，我们最终还是没有吃上妈妈梦寐以求的下午茶，但我却得到了一顶新棒球帽，爸妈说我戴棒球帽实在漂亮。我心想，下一次爸妈来找我时，我一定要带爸爸去游次泳，和妈妈吃一顿下午茶。

8.28

今天是最后一天，也是第一天，我从未觉得时间流逝得这么快，眨眼后，整个人都恍惚得不可置信。

爸爸依旧起得很早，去7-11便利店买了面包，他打开电视："这里的新闻咱都听不懂。"电视机里粤语说得正欢，我吃着手里的柠檬面包，看着窗外游移的云片，鼻头一阵一阵地泛酸。今天，他们就要送我去学校了。

最大最沉的行李箱由爸爸提着，我放鞋的小箱子交给妈妈，我推着他们的箱子。我们仨奔波在月台间找换乘的线路。我们本想先去宿舍放行李，但不知怎的先到了学校，妈妈看到门口的校标，特别开心地和我合影，一开始，我还对来香港上学心存芥蒂，但当我看到爸爸妈妈自豪高兴的笑脸，我又觉得，在这里上学也不错。

办完了入住手续，爸妈帮我将箱子送上楼。休整片刻，他们说去帮我开个手机号，有事方便联系。从西九龙到深圳的高铁马上就要开了，他们两人几乎是掐着时间带我急匆匆地办了手机号，又将我送到宿舍。妈妈愧疚地说："来不及帮你拿订的床上用品了，只能靠你自己了。"

他们在街上匆匆走着的时候，帮我办理手机号，询问银行卡时，我觉得他们好像没那么镇定了，就像是想抢些时间，在最后的几小时里，再帮我多做点事。

他们在香港的最后一餐依旧是快餐，走到街口时，两人说等我在这边探索一下，找到好吃的再带他们去，今天就先将就一下。吃饭时，爸妈对坐，我自己坐，两人坚持让我给他们打一下电话，检查一下新号码是否能正常使用，看看我有急事时他们多久能收到电话。我拨出电话后好一阵儿爸爸的手机才有了声响，他放心地挂断，随即存好了我的新号码。

我埋头吃面，没什么反应，起码在他们看来我是如此，其实当时我眼里已蓄满泪水，我不敢抬头，怕妈妈看见我的模样，她看无脑的狗血电视剧都能一把鼻涕一把泪，如果看见我眼眶红红的，她肯定哇的一下就哭出来了。爸爸看我低头不说话，对我说："这可真是送君千里啦。"我知道下一句：终须一别。

我们从宿舍前的天桥回地铁站，他们要去西九龙赶高铁，我再三和他们确认线路和换乘，三个人前进的脚步越来越慢，谁也不想走。到了地铁闸口，必须要分别了，我艰难地吐出"再见"二字，简直比"人有悲欢离合"还要重上千钧。妈妈眼里突然涌出泪水，哭着抱紧了我，这时我再也忍不住，泪眼婆娑地抱住了她。我曾经非常确信我是一定不会哭的，但是，眼泪在那一瞬就无法控制地流了出来。

爸爸妈妈刷卡进闸口后，到直梯旁等电梯，站在那块黄色的盲点砖上。后来，我稍稍安顿下来，前往地铁站，进闸口后一眼看到了电梯前两人站过的地方，不禁潸然泪下。我看着他们，眼泪扑簌扑簌一个劲地往下落，妈妈见我趴在旁边的栏杆上不肯走，一个劲儿地向我挥手，示意我赶快回去。我在那儿站了很久，久到两人的身影在泪水中变得模糊起来，眼泪即将决堤之时，向他们挥挥手先转过了身，大步地往回走，我不敢回头，我怕看到妈妈不舍的眼泪，我怕遭遇爸爸张望的视线。我只是一个劲地往前走。这场长达四天的漫长的告别，终是迎来了它的终章。

晚上和爸妈视频通话时，两人已落地福州，正吃着饭等待转机，妈妈的眼还是通红的，不知道分别之后又哭了多少次，我嘛，自爸妈离开后没再哭过，只是重写这篇日记时，眼泪再次不争气地流下来。

附 录

这种独立性,对我来说,
是一种成长,也是一种自由。
从这个意义上来说,
热爱写作的人其实拥有了双倍的时间。

从内地到香港

我是一名来自内地的香港理工大学的学生,同时也是一名作家。我在内地度过了我的童年和少年时期,然后来到香港,开始了我的大学生活。这次的转变对我来说,既是一次挑战,也是一次机遇。我想通过这篇文章,分享一下我对这次转变的感受,以及它对我产生的积极影响。

从内地到香港,我首先感受到的是文化的冲击。香港是一个国际化的大都市,这里汇聚了来自世界各地的人和文化。开学前,我和爸爸妈妈一起去迪士尼玩,发现周围的人形形色色,至少可以听到五种不同的语言,即使是出国,我们面临的可能也只是双语或者三语的环境,那时我就觉得香港像是世界的首都,它开放、包容,热情拥抱和接纳每一个不远千里来此的人。一个学期结束,让我感受最大的还有艺术,我这个学期逛了很多艺术展、博物馆,也看了很多剧,从文艺复兴到印象派,从莫奈到梵高,从音乐会到芭蕾舞剧,每一瞬间我都觉得幸福,艺术简直像涨起的潮水一样源源不断地涌进这个临近热带的小岛——香港,把它从内到外装点得没有可让人指摘的地方，你到了这里，没有选择，只能爱它。我在这里接触到了不同的思想，看到了不同的生活方式，在这里下班之后你是几乎找不到加班的人的，香港人将生活和工作平衡得很好，人们工作时不遗余力，也很会享受下班后的休闲时光。这对于将内卷融入 DNA 的"大陆仔"来说是一个难得的喘息机会。这半年来我终于从精神上逃离了高三紧绷的状态，如果没有特别重要的事，周末我一般会选择一个地方随便走走，深入这座城市，感受它。这些对于我来说都极其宝贵。我充分理解和接受不同的观点，学会尊重不同的文化，欣赏各类艺术，而这些感知力，都是阅读给我带来的。看完展后，我可以将抽象的感受归纳成具象的文字，总结出今天学到的东西。作为一名作家，写作是非常重要的，作为一个"新港人"，感知力是不可或缺的。阅读让我更好地融入了这座城市。

其次，香港理工大学是一所世界级的大学，这里有优秀的教授，丰富的资源。第一学期大多是一些 GUR 课程，当我的同学在为高数、实验、机械制图之类的专业课抓耳挠腮时，我在学习领导力，学习人际交往，学习如何让这四年变得有意义，这更像是在射箭之前先让我们确定靶心的位置，否则拉弓只是白费力。讲师并不是一味地教授专业知识，更多的是在精神上指引你主动思考，主动去做。我们有一门课叫作明日领袖，说白了就是学习领导力的，这门课让我觉得学校不是要培养一个好的雇员，而是想让所有人成为一个好的雇主，无论是别人的，还是自己的。 同时，我们几乎所有的课都有 presentation，学期末老师会要求我们上台做汇报演讲，有时要单打独斗，有时则要小组合作，深入思考和沟通技巧就显得尤为重要，你要对这个话题有自己的理解和看法，并在规定时间内对它剖析，然后呈现出完整的作品，同时，你还要协调组员时间，分配组员工作，每个 presentation 我们至少要付出一到两周的时间反复打磨，最重要的是，心态。 你站在台上，底下虽然是你的老师、同学，但是你清楚地知道时间和舞台由你来掌控，他们的一呼一吸好像都变成了对你的评价。 这个学期几乎没有尽如我意的 presentation，我站在台上，总是觉得紧张，我感觉自己好像变成了凝滞的水流，夹杂着世间所有的奥秘，我唯一能做的就是哆嗦着，奔涌着，甩一些水花到听众身上。 上台不怯场，答辩不紧张，是我下个学期要努力的方向。

最让我感到有意思的是周围的人，我知道我面对的不是一张张白纸，更像是一本本精彩的书，大家来自不同的地方，有着不同的经历，与他们交谈就好像是翻开了世界这张地图。他们有人在澳大利亚与考拉热情拥抱，有人去过非洲钻井，有人去过越南支教。 他们会的东西也很多，有人可以弹琴写歌，有人跳舞极佳，有人象棋一级，有人画画水平一流。 他们的言谈举止间不约而同地散发着一种光彩，名叫自信。

在香港的生活让我更加独立。 在内地，我生活在父母的庇护下，很多事情都有他们帮我处理。但在香港，我需要自己照顾自己，处理各种生活中的问题。这让我学会了独立生活，享受孤独。我开始更加珍惜我所拥有的，更加努力去追求我想要的。这种独立性，对我来说，是一种成长，也是一种自由。

从内地到香港，对我来说，是一次极其宝贵的经历。我在这里学到了很多，成长了很多。我相信，这次的转变，对我来说，是一次积极的改变，是一次美好的开始。

阅读与写作

其实,一开始我并不是一个喜欢写作的人,因为我的字不好看,看自己写的字简直是一种折磨。但我对阅读的热爱从很小就开始了,而阅读也算是一把为我打开写作大门的钥匙,让我慢慢学会了和词句相处,从词不达意到得心应手,再慢慢地给予我把词句美化到理想状态的能力。

我和阅读结缘很早,从小时候床边的绘本到大学时专门的书橱,书籍陪伴着我每个阶段的成长。

我热爱阅读离不开父母的影响。爸爸是个很喜欢读书的人,家里到处是他的书,买了书架也放不开,后来甚至沙发上也堆起了"小山"。受爸爸的影响,妈妈也跟着读书,我也就不好意思在旁边玩手机了,所以也拿起书翻看。

一开始我觉得有趣,等到后来我对看什么书挑挑拣拣时,每个周末都和爸爸泡在各大书刊市场。周末最幸福的时刻莫过于提着那沉甸甸的一兜书往家走时,我知道晚上又可以进入世界上另一个角落发生的故事了。

刚开始选书,我一般是看封面,杨红樱、黑鹤、J. K. 罗琳等人的书封面比较好看，我就买下，看着看着，慢慢觉得索然无味，题材太单一。我开始关注一些书单，然后陆陆续续地购入了《秘密花园》《茶花女》等，翻看后我才意识到，这些顶着世界名著光环的书，有些其实并不适合我读。

书房的出现是一个很好的契机，自从爸爸妈妈开始经营书房之后，每周我都能读到一本书，《驭风少年》让我了解了非洲马拉维，《将军胡同》让我了解了老北京，《我是马拉拉》让我明白了中东地区还有那样一群身处水深火热的人……

阅读为我打开了一个个未知的世界，让我可以在不离开房间的情况下探索不同的文化，看见更远的地方，了解更多的人。开始时我只是觉得书里面的故事好玩、有意思，并没有意识到后来笔下真情的流露其实都是阅读为我积攒下来的墨水。

我并不喜欢语文，甚至可以说有些讨厌，但是写作对我来说从来不是什么难事。小学时每周都要交周记，我往往疯玩上一个周末，然后周一早起半小时，完成三百到四百字的日记，再留出充足的吃饭时间，按时上学。到了中学，我就发现我讨厌记叙文、议论文死板的结构，于是写了很多东西吐槽。我偶尔会对某本书、某部电影、一场舞剧产生特殊的感情，于是会写下一些文字记录当时的心情，而这些都是自然而然发生的。我觉得写作是再正常不过的事，大家都说情到深处自然深，而我觉得，情到深处自然"写"。面对着那瞬间的美好、感动，那稍纵即逝的念头，怎么能不动笔记录下来呢？

　　第一次真正地享受写作，不是去西北那次旅行，那个时候每天要应付日记到凌晨两三点钟，很痛苦。真正地喜欢上写东西是我初二的时候，参加了书房组织的坝上草原研学活动。那时正值夏季，雨水很多，草原雾蒙蒙的，和大家想象中晴空万里的草原很不一样，只是气候就有很多可写之处，而且一群年纪相仿的人待在一起，全是些快乐的时光，只言片语都很值得记录。那时觉得写东西真好，因为不用写得太晚太累，所以觉得幸福。

　　广泛而贪婪地阅读，对我的写作起到了重要作用。它让我接触到了各种风格、语气、结构的作品，以及一些生僻的字词，我发现自己能够将它们融入我自己的作品中。阅读各种不同的作品，也为我提供了丰富的知识，我可以在写作旅行作品时进行借鉴。

　　阅读是成为一名作家的重要途径。它可以扩大你的词汇量，提高你对语言和叙事结构的理解，并让你接触到不同的视角。它还可以激发你的想象力，这对于写作来说十分重要。

　　至于写作，我的建议是写下你喜欢或热衷的东西。对我来说，一开始是旅行，后来发展至生活中的许多事情，我觉得都很值得记下来。嵇康说，目送归鸿，手挥五弦。书画异质，画画只能画出挥五弦，而写东西，不仅能写下挥五弦，还能写下送归鸿。写下我的旅行经历,可以让我重温美好的风光,并与他人分享;写下我的闲暇生活,则可以留待日后翻阅,再经历一次当时的场景。从这个意义上来说,热爱写作的人其实拥有了双倍的时间。

写作是一个循序渐进的过程。如果一开始你的作品不完美,不要气馁,继续写作,继续学习,最重要的是,继续享受这个过程。